Fiat justitia ruat caelum

魔瞳 2

The Devil's Eye

邦拿 作品

第十四章 七君之首 5
第十五章 深仇舊恨 27
第十六章 先見之明 47
第十七章 二千年前 69
第十八章 天驚強敵 81
第十九章 殲魔協會 95
第二十章 身世成謎 117
第二十一章 七情六慾 141
第二十二章 強奪巧取 161
第二十三章 黑衣和尚 177
第二十四章 或敵或友 191

第十四章——七君之首

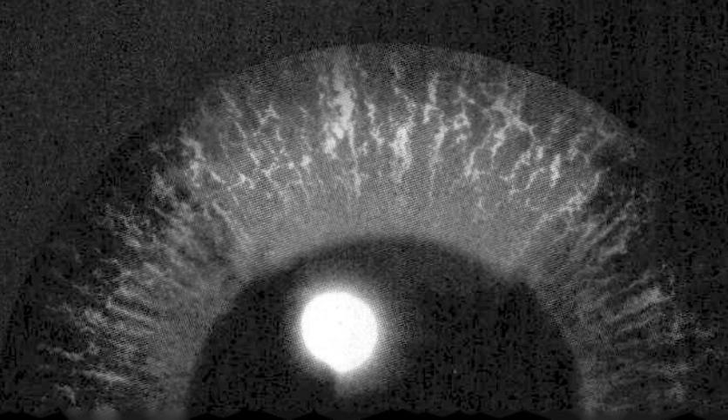

第十四章　七君之首

「大哥哥，你就是撒旦……魔鬼之皇？」

煙兒小嘴大張，一臉難以置信的說道，「這真是令人難以置信……」

「我一直隱瞞不說，是因為我力量還未回復到前身的水平。魯莽地暴露身分，必定會引來其他心懷不軌的魔鬼。」我隨地拾了一件合適的黑衣穿上，掩蓋著「獸」的圖騰。

拉哈伯說過，薩麥爾是前任撒旦外最厲害的魔鬼，連拉哈伯本身亦略遜他一籌。以我當下實力，我沒有信心能打敗他。所以這次自揭身分，我實是逼不得已，幸好他人不在場，不然他和孫悟空聯手，恐怕我們只有逃跑的份兒。

我看見一眾撒旦教徒仍舊跪在地上，瑟縮顫抖，於是便跟米高說道：「你叫他們先起來吧，我不追究你們冒犯之罪。」

米高聽後如獲大赦，連忙中氣十足的喊道：「大家快起來，教主免了我們的罪了。」

教眾聽到後卻依舊跪在地上，語帶歡欣地用撒旦教的詩文對我頌讚一番後，這才起來。

我想起子誠的殺妻仇人和羅虎可能混在其中，於是向米高吩咐道：「好，我現在先給你指揮權，你讓他們每百人一隊，整齊排列在廣場正中。沒我命令，誰都不能擅自離開。還有，所有人要穿回衣服。」

我每吩咐一句，米高便高聲應「是」一聲，待我說畢，他便轉身指揮眾人列隊立正。

我抬起頭，招手讓煙兒跳下來。

煙兒看準我的位置，縱身一躍，輕飄飄的跳下，恰恰讓我橫抱她在懷裡。

撒旦教眾看到煙兒的舉動後大是緊張，連忙大聲喝罵，要煙兒下來。

可是煙兒非但不聽，還得意的緊緊抱住我，回頭朝教眾扮個可愛的鬼臉。

我見狀立時向教眾揮揮手，他們這才安靜下來，可是眼神猶自怨毒的看著煙兒。

「煙兒下來吧，有很多人在看哩。」我低頭看著煙兒，笑道。

「嘻，我才不要放手呢！現在知道了大哥哥就是撒旦，能如此舒適的躺在地獄之皇的懷中，可不是一般人能夠做到呢！」煙兒用圓渾大眼看著我說，神情天真得讓我一點也生氣不了，只好由她繼續抱住我。

「知道我是撒旦後，你不怕嗎？」我笑問。

「嘻嘻，跟大哥哥一起那麼久，煙兒只覺得你為人可愛，一點都不可怕。」煙兒笑道。

「是嗎？但我告訴你，不要總是看事物表面，把事情想得太簡單，不然你總有一天要吃虧。」我笑道。

「我不怕。至少此刻在撒旦懷中，我相信沒有人能讓我吃虧的。」煙兒自信地笑，我只感哭笑不得。

我抱住她，轉身走到孫悟空的旁邊，蹲了下來檢查一下，卻見他仍是昏迷不醒。孫悟空經歷了「五百億劍林」一趟，我估計他至少三天後才會甦醒。

我注意到他腰間插著的銅色長簫，想起之前那些蠱惑人心的妖異樂聲，我便將銅簫取出，察看一番。

長簫甫握在手，一股寒氣立時傳到我掌心。我暗自小心，長簫卻再沒任何異樣。

我仔細地觀看銅簫起來，發現它的造型甚是奇特，簫上打了數十個大小不一的洞孔，不規則地分佈在長簫上。

我伸手輕撫，觸感非金非銀，一時看不透這銅色長簫是由何種金屬所製。

煙兒在我懷裡似感興趣，伸手碰了長簫一下，卻被那奇特寒氣嚇得急速放手，皺眉說道：「這簫的感覺好奇怪呢。」

我點點頭，說道：「待會兒得問一拉哈伯這銅簫的來頭。」

煙兒目光始終放在那根長簫，再次伸手去拿。這次她早作預備，便能運氣抵抗那股寒氣。

她把弄了長簫數下，忽問道：「大哥哥，可不可以讓我吹奏一下？」

「你會吹簫嗎？如果會的話就吹吧。」我奇道，「不過你得小心，這簫很奇怪。」

「媽媽有教過我。這洞簫的氣孔分佈雖怪，但我可以一試。」

煙兒說罷，便即閉起雙眼，將長簫洞口輕放嘴邊，撮唇吐氣，一道妖媚的簫音便即悠悠響起。

這長簫所奏出的簫聲古怪之極，本來煙兒拿起長簫那刻，我已打開「鏡花之瞳」戒備。

怎料當煙兒所奏出的簫聲一傳入耳中時，我腦海中「嗡」的一聲，身體忽然慾火大盛！

我心神一蕩，腦中霎時充斥著無數荒淫念頭，身體火熱，抱住煙兒的雙手不自由主的用力起來。

原本已穿回衣服，排列整齊的撒旦教眾，忽然全都獸性大發，將身上衣服盡數撕破，然後立即與身邊同伴，不論男女，瘋狂地交合起來！

霎時間，低沉誘人的簫聲和無數野性的呻吟在廣場中此起彼落。

隨著簫聲中的誘惑感漸增，眾人的動作越發激烈。

我也是慾火中燒，眼看懷中抱住的煙兒，只覺她可愛動人。我按不下心中獸性，雙手不其然地撫摸她，更想低頭親吻她。

可是煙兒宛若不覺，只陶醉於吹奏銅簫。

就在這時，一直站在我倆附近的米高，因為找不到女教眾歡好，目光突然轉到我懷中煙兒，口裡發出「苛苛」叫聲，飛撲過來！

獸性大發的米高一把拉住煙兒的手，使煙兒的樂奏「咇」的一聲走調。

聽到這「咇」的一聲，我的腦袋突然劇痛無比，可是我也趁這一瞬間的澄明，連忙奪過長簫，妖媚的簫聲這才停止。場上所有人卻忽然渾身一抖，全部倒地不起。

沒有簫聲的控制，我如釋重負，身體似是劇烈運動過度後般乏力，搖搖欲墜。

「大哥哥，你幹麼滿頭大汗？」煙兒驚訝問道，連忙從我懷中跳下，把我扶住。

我沒有回話，只是運功調息。剛才煙兒簫聲走調，使我精神突然間傳來一陣撕裂的痛，還好我及時提升了魔瞳力量，才不致神智受損。

我閉目調息了好一陣子，感覺到身體沒有大礙，這才緩緩張開眼來，朝她苦笑道：「你甚麼也想不起來嗎？」

煙兒想了半晌，只搖頭道：「不知怎地，我剛才一吐氣，神智便立時澄明一片，全副精神只集中在吹奏之中，完全留意不到周遭的事。」聽得她這麼說，我便將剛才的情況告訴她。

「這長簫實在太恐怖了，幸好那個米高……啊，大哥哥你看！」煙兒忽指著臥倒地上的米高驚叫。

我轉頭一看，只見米高躺在地上一動不動，但眼耳口鼻皆有鮮血流出，神情驚駭莫名，竟已死掉！

我心知有異，放眼望去倒在地上的人群，竟全都像米高般七孔流血，表情震驚的死去。

本來熱鬧的廣場，霎時間變得幽靜無聲，赤裸死屍遍地，更使整個環境變得異常詭異。

「看來你剛才那聲走調，將場上所有人都弄死。這支銅簫，真是厲害得可怕。」我沉聲說著，同時微一探聽，只聽得廣場上仍有三道心跳聲。

除了我和煙兒，就剩下因昏迷過去而逃過一死的孫悟空。

煙兒見到廣場上的慘況，嚇得大驚失色，委屈地道：「煙兒不是有意的，我不知道我會害死他們……」

我拍拍她的肩，溫言道：「別太介懷，錯不在你。」又把弄銅簫一下，續道：「這簫實在太怪異了，催動慾念的效果竟比你媽媽千年修為的媚功還要厲害，絕不簡單。一個走調，便能殺死上千人。說不定，這銅簫是其中一具『神器』。」

「對了！媽媽，我們快點去找媽媽！」煙兒猛然醒悟。

我點點頭，順道將長簫插進腰間，闔上「鏡花之瞳」，便拉著煙兒向廣場南方的大門走去。

連我們進來的大門算在內，這圓形廣場的周邊一共有十二道大門，我們逐一進去探看，卻發現另外十一道門後都是會議室，裡頭空無一人。

「媽媽究竟去哪兒了？」煙兒哭道。

「先別哭，我相信前輩她會平安無事的，撒旦教抓她定是有事所求，想來不會對她無禮。」我安慰煙兒道：「再說，大哥哥答應過你會救她出來，定會信守諾言，現在你知道我真正身分，總要對我有信心吧？」

煙兒聽到我的話，這才止哭。

我們在十一間會議室內仔細搜查，看看沒有沒其他隱蔽秘道，卻始終一無發現。

「這就奇怪了，撒旦教的分部，怎麼可能沒有舵主或教主專用的房間？」我疑惑地道。

煙兒看了看廣場，說道：「大哥哥，會不會跟我們下來的秘道一樣，那教主的房間就在這圓形廣場的中心位置？」

「這個大有可能，我們去看看吧。」我點頭笑道。

來到廣場中央，我仔細的敲打地面，在正中位置果然傳來回音，看來底下別有洞天。

可是，我俯身檢查了好一會兒，卻始終找不到入口，因為先前和孫悟空的戰鬥劇烈，廣場的地面早已被我們弄得千瘡百孔。

逼不得已，我只好運氣於拳，奮力擊向地面。

幸好地面不厚，才擊地數下，便已露出一個洞口，裡頭暗淡無光。

我從其中一名撒旦教眾的死屍中找到火機後，才躍下去。

那洞口足有十來米深，我打開火機，這才發覺自己身處一條不長的隧道。

這條隧道跟我們先前進來的大同小異，沿途牆壁都是描繪地獄的浮雕，而隧道終處，有一扇大門。

確認地底下沒有任何機關後，我才將煙兒抱下來。

推開大門，內頭是一間面積不大，但有兩層高的書房。

房的中央有張大圓桌，上面放滿各式各樣關於撒旦教的資料，房的四周則是高及天花的書櫃。

我走到那圓桌旁，看著桌上堆積的文件說道：「我想這桌上的文件都是較近期的，你媽媽的消息說不定會在其中。」煙兒點點頭，連忙拿起一份文件來看。

我和煙兒埋頭閱讀了好一會兒，但那些文件始終都和妲己的失蹤無關。

「可惡，盡是些不相關的東西。」我將看完的一份資料拋到身後，又拿起桌上另一份來看，才看了兩眼，便被那份資料吸引。

煙兒見到我忽然專注閱讀，連忙探頭過來，忽然「啊」的一聲，叫道：「這不是子誠哥哥嗎？」我點點頭，繼續看那份文件。

文件詳細地記錄子誠的資料，包括出生日期地點、血型、興趣等，連行動位置也一直記錄到他和我們一起為止。

這份文件末端，特別有一道以紅字寫的命令。

「『殺。將十字項鍊送到總部。』」煙兒輕聲唸了出來。

我恍然大悟的道：「原來如此！撒旦教追殺子誠和他妻子，是因為想搶奪他妻子所送的十字項鍊。卻不知這項鍊有甚麼秘密。」

我翻到文件的另一頁，卻是子誠妻子的個人資料。原來子誠妻子不但是日本人，更是一名在孤兒院長大的孤兒。

不過，文件上她的名字乃東城文子，跟子誠說的不同。

我思索片刻，不得要領，於是再轉去另一頁。

才將文件一翻，我立時呆在當場，久久不能言語。

這頁文件，是另一名女子的個人資料，那女子的名字叫東城多香子。

本來，這名字對我來說沒有任何意思，可是文件左上方夾了一張個人照片，而照片中人，竟是我去世了的媽媽！

「大哥哥，怎麼了？」煙兒看到我神色有異，便柔聲問道。

我沒有回答，只是飛快地看了那份文件，看完之後，我腦中只感空白一片。

根據那份資料記載，原來我媽媽是日本人，還是名孤兒，成年以前所生活的孤兒院，正是子誠妻子成長的那一所！

這份紀錄極其詳盡的記下我媽媽的事情。

她十八歲成年後，便離開孤兒院。因為公開考試成績優異，而且喜愛中華文化，所以她高中畢業後便入讀香港的大學，攻讀生物科技。她來到香港後更自己起了一個中文名，叫成尚香。

在大學二年級時，她認識了同系師兄，程若辰，亦即是我的父親。

二人相識不久便成了情侶，畢業後更即共結連理。

婚後二人一直生活安好，可是我媽媽的身體原來出了狀況，被醫生判定不能生育。

他倆商量過後，最後決定領養小孩。

於是，她便從長大的孤兒院中，領養一名剛出生的小孩。

那小孩，就是本名程永諾的我。

對於領養回來的我，他們非但沒有抗拒，更視如己出。

可是幸福的生活，只維持到我五歲那年。

因為某一天，我爸爸突然無故失蹤。

我媽媽傷心欲絕，若不是要照顧我，她早已自尋短見。

一年後，她工作的地方來了一位新男同事。

那男子對我媽一見鍾情，展開追求，本已對感情事心如止水的她，最後被那同事的誠意感動，又不想我從小沒有父親，最終接受了他，不久二人就結婚了。

那人，自然是我第二任父親，畢睿獻。

不過，愉快的新婚生活又只維持了一段短時間，因為半年後，我媽便被一名瘋丐姦殺。

紀錄到此為止，可是有人在最後附加了兩行，令我震驚非常的小字。

「『程若辰，第三百七十任香港分舵舵主，已叛離我教』，『畢睿獻，第三百七十一任香港分舵舵主，已叛離我教』。」我看著文件，喃喃自語，「這……這到底是甚麼的一回事？」

煙兒看到我神不守舍，心知這份文件有異，連忙接過去看。

她一邊看，表情亦越來越驚訝，到了最後才溫婉地道：「大哥哥，別太傷心，事情都已過去。」

「不，我沒有傷心，只是感到太不可思議。我本以為我只是單純的撒旦轉世，誰知道，我原來也是孤兒！」我苦笑道：「更可笑的是，我兩任父親不單皆來自撒旦教，更是香港裡的最高領導人，枉我媽到死也被蒙在鼓裡。」

煙兒一臉焦急，欲言又止，似是想安慰我卻又一時不知該說甚麼。

我見狀朝她柔笑道：「放心，我人生最難接受的事情，乃是我撒旦的身分。這份文件，不會煩擾我太多。」

煙兒聽後舒一口氣，道：「這樣就行。但你要記住，若有甚麼心事，定要跟煙兒說！」

我摸了摸她的頭，笑道：「嗯，我有甚麼煩惱，定會跟你說，絕不放在心中。」煙兒聞言，笑著抱了我一下。

我重新看了那文件一遍，思索片刻後，道：「我想，我兩名父親接近我母親是因為她身上有一些撒旦教想要的東西。我母親的文件被夾在子誠妻子的文件後。或許，那東西就是子誠的銀十架項鍊。」

「那大哥哥小時候有沒有見過那十字架？」

「沒有。她去世時我年紀還小，即便見過難記起來。」我搖搖頭，道：「但我推測我第二名父親一直找不到，不然，他不會和我生活到十六歲。」

這時，我又不期然想起他曾想殺我，看來那或許是撒旦教所下的指示。

如果我真的如這份文件所說，我是被領養回來，那我親生父母究竟是誰，兩人會不會都是魔鬼？一直以來，拉哈伯都說我資質奇高，人類中難得一見，會不會我根本就沒有人類血統？

還有那孤兒院，我、我媽媽和子誠的妻子都曾經入住其中，這決不會是巧合。

那孤兒院，一定藏著某些秘密。

霎時間，無數疑問在我腦中湧現。

「我們先回去吧，太多問題，或許拉哈伯能解答其中一些。」我說著，將關於我媽和子誠妻子的文件塞進懷中。

確定桌上文件都沒有妲己下落的線索後，我便跟煙兒走回上層廣場。

「究竟媽媽去哪兒了？」煙兒憂心忡忡的說道。

我拍拍她的肩安慰道：「不要擔心太多，我們這就去找薩麥爾……啊，對了！」

我猛然醒起子誠的殺妻仇人李鴻威和羅虎，於是連忙從上千屍體中找找看。

可是，過千具裸屍裡，不單找不到一個臉上有疤的中國人，連羅虎的屍體也不在。

「看來李鴻威沒有參加聚會。連羅虎都找不回來，這次來佛羅倫斯真是白走一趟。」我說道。

「至少我們捉到孫悟空，向他逼供就是。還有那支怪簫……噫？大哥哥，孫悟空不見了！」煙兒忽伸手指住我身後，驚訝地說。

我連忙轉過，發現孫悟空果真在原本的位置消失了！

當我回身，想輕聲叫煙兒小心時，卻見她呆呆的看著我身後。

我見她眼神怪異，心知背後有人，連忙打開「鏡花之瞳」，隨即用迅雷不及掩耳的速度，轉身出掌！

可是，我雙掌推出後，卻發現身後空蕩蕩的，甚麼也沒有。

我心下奇怪，轉過頭來問煙兒：「你剛才有看到甚麼嗎？」

「剛……剛才，你身後站了一個金髮男子，很俊美的金髮男子……」煙兒如夢初醒，喃喃道：「可是在你轉身出掌一剎，他又憑空消失，像鬼魅似的……」

「俊美的金髮男子？」我心下警戒，快速環顧四周，但除了遍地死屍，就再無別人。

我心下大奇，暗暗提升感應力，忽然間，我感到上方傳來一絲目光！

我猛地抬頭，可是大樑上依舊沒有人。

「不用找了。」

忽然，有人貼著我的耳朵，冷冷說道！

「誰！」

我沒想到有人能無聲無息地靠近，連忙縱身抱住煙兒向後飛躍。

回過身來，卻發現原本的位置，仍是空無一人！

我心下大駭，知道遇上了厲害的敵人，可是這人身法也太過高明了，我竟連他的身影都看不到。

我連忙將煙兒拉到我身前，以防她遭敵人毒手。

忽然間，有人拍拍我的肩膀，問道：「你，就是畢永諾？」卻是那冰冷聲音的主人！

我知道回身也是枉然，於是暗暗戒備，笑道：「對啊，你怎知道我就是……」

一語未畢，我已經用手肘向後急挫，怎料又是推了個空。

「憑這種速度就想打中我？」

那股冰冷的聲音在半空迴盪，我眼前黑影一閃，一名白衣男子突然在我面前憑空出現。

看清那男子容貌的一剎，我的呼吸倏地停止，一時看得呆了，只因眼前男子，實在太美！

白衣男子有一雙靈動星目，瞳色澄藍如寶石，肌皮雪白得毫無半點血色，但一雙薄唇又偏偏紅如櫻桃。

他一頭金得發亮的長髮及腰，五官像雕塑般精緻完美，若不是有一對劍眉，實是一個與妲己不分軒輊的絕色美女。

金髮男子神色高傲冰冷，向我瞧了一眼後，便昂首冷哼一聲，道：「不外如是。」

我聞言立時回過神來，沉聲問他道：「你究竟是誰？」

金髮男子依然沒有正視著我，只神情倨傲地說：「薩麥爾。」

聽到來者名字，我立時倒抽一口涼氣！

剛才和孫悟空激戰過後，我現在頂多只能將功力提升到八成左右。

本來我已打算若遇上其他敵人，便會立時逃走，可是剛才見識過薩麥爾那無影無蹤的身法，我才知道自己就算沒帶著煙兒亦絕對逃不了。

「你就是薩麥爾？你的名號我早有聽聞，本以為今天在這兒不會見到你，怎料你又突然出現。」我笑道，一邊把煙兒拉到身後。

「我一直都在，只是沒有現身。」薩麥爾語氣冰冷。

「你把我媽媽藏在哪兒？」煙兒得知金髮男子是薩麥爾後，急忘問道。

薩麥爾冷冷的瞪了煙兒一眼後，道：「她眼下人在日本。」

「你為甚麼要把她帶到日本？」煙兒急道。薩麥爾只冷哼一聲，顯然沒打算回答。

「雖然我不知你在圖謀甚麼，但你還是盡快放了妲己吧。」我看著薩麥爾沉聲道：「上次在香港我一時失手，這次可不會放過你！」

薩麥爾皺起秀眉，一臉鄙視的看著我，道：「嘿，你上次遇到的人，不是我。」

「你，不是撒旦教教主嗎？」我聞言疑惑問道。

「我早已將教主之位傳下，」薩麥爾冷冷的道：「現在撒旦教教主另有其人。」

「那戴著『明鏡』的人到底是誰？」我連忙追問：「還有，你們為甚麼要捕捉所有魔鬼？」

「嘿，你以為我會跟你開誠佈公嗎？」薩麥爾冷笑一聲，道：「我這次不過是一時好奇，想測試一下你實力，但你的表現實在讓我失望透。」

「言之尚早。」我聽後擦擦鼻子，笑道：「讓我們先幹上一場再說吧。」

一語未休，我已將魔瞳力量提升到七成。霎時間，我身上發出陣陣濃厚魔氣。

「我觀察了你與孫悟空的戰鬥，你的實力我了然於胸。」薩麥爾瞪著我，冷冷的道：「若你真要動手，我敢說，你只能多活兩秒。」

說罷，只見他身影在原地一陣模糊，同一時間，我肚子忽然傳來一陣刺痛！

「你……你也太快了吧？」我向後倒退幾步，忍痛強笑道。

薩麥爾神色漠然，「憑你這種身手就想跟我對抗？哼，實在侮辱！」

語畢，他那白衣身影又是一閃，我只感眼前一花，這次被擊中的換成了我的臉。

我摀住流血的鼻，再次後退幾步，罵道：「他媽的，你不是想殺了我吧？」

「就是要殺你。」薩麥爾冷笑一聲，一雙藍眸閃過殺氣，「因為你的出現，會阻礙我們的計劃！」

一語方休，薩麥爾身影再次變得模糊！

「可惜，我要阻止你了。」

拉哈伯的聲音，忽然從半空中響起！

突然間，一團黑影如雷電般從天而降，在我身前撞出一個大坑洞！

「轟」的一聲巨響，地面應聲一震，四周頓時塵土飛揚！

我抱住煙兒向後急躍，此時塵煙稍伏，只見大坑內，拉哈伯正坐在倒地的薩麥爾身上！

其實剛才我和薩麥爾談話時，拉哈伯已到達了廣場。為了不被薩麥爾發現，牠一直隱藏氣息，慢慢爬到天花板上。一直來到我頭底附近位置時，為防太過靠近被薩麥爾察覺，於是牠便以傳音入密吩咐我藉故後退，好讓他施展突襲。

「原來是拉哈伯，」薩麥爾瞪住身上的拉哈伯，冷冷說道，「整整二千年不見了。」

「薩麥爾，這麼多年來，你還是那副惹人討厭的樣子。」拉哈伯恨恨的道

「對，我還是那樣子，所以你不會以為經過這些年，你便能打敗我吧？」薩麥爾冷笑道。

「我就算打敗不了你，但要牽制住你，不讓你傷到撒旦，也非難事，」拉哈伯怒道：「二千年前，我讓你得逞一次，今天，絕不會再讓你胡來！」

說罷，兩人的身影忽然同時消失！

霎時之間，我身邊狂風大作，無數沉重的交擊聲在當中響起，卻是拉哈伯和薩麥爾在快速交手過招！

二人的身影實在太快，我提高視力也只能看見一黑一白兩道影子在穿梭交錯。

我抱住煙兒，不敢亂動，以免誤被擊中。

過了一會兒，大風忽止，二人身影站穩在我們眼前。

只見薩麥爾忽然氣定神閒的站在我身前不遠處，身上白衣卻染有四朵血花。

「距離，永遠都是距離，過了這二千年，你的進步還是不多。」薩麥爾冷笑道。

「薩麥爾，別以為我看不到。」拉哈伯突然出現在我的肩上說，「四點血花，有一點是你的。」

「哪又如何？」薩麥爾冷哼一聲，「這還不足以打敗我。」

拉哈伯瞇眼笑道：「我早說了，我不是來打敗你，而是阻止你。」

「那就讓我試試看吧！」薩麥爾澄藍的雙瞳忽然變得赤紅，周身魔氣大盛，眼神更是冷得讓人不寒而慄！

「哼，想不到你竟然取回『釋魂之瞳』。」拉哈伯亦打開魔瞳，左眼頓時變得鮮紅如血。

「現在我雙瞳皆在，你是輸定了！」薩麥爾傲然說道。

「未必，未必。」拉哈伯自信滿滿，卻忽用傳音入密跟我說：「小諾，待會我牽制住薩麥爾，你趕快帶煙兒逃走。」

我聞言臉不改容，卻暗暗留神戒備。

正當我全神貫注地提防時，薩麥爾的殺氣卻突然消失得無影無蹤，雙瞳也變回原本的透徹澄藍。

拉哈伯見狀大惑不解，於是冷冷的問道。「你在玩甚把戲？」

「教主說，要我先放你一馬。」薩麥爾神色漠然的對我說道。

接著，只見他身影忽然一閃，原地消失，再出現時，手上卻捧住還在昏迷的孫悟空。

「今天算你們走運。但拉哈伯你要記住，我好歹也曾是七君之首，直至世界末日，你都別指望能勝得了我。」薩麥爾倨傲的留下了這句話後，身影一閃，便連同孫悟空消失不見。

「七君之首……」薩麥爾走了後，拉哈伯忽然喃喃自語，然後無力從我肩上墜了下來。

我連忙一把捉住他，抱在懷中急問：「臭貓，怎麼了？」

我細心一看，只見他細小的身軀，竟有著數個見骨的傷口！

我從來沒見過拉哈伯受傷，不禁有點焦急，幸好拉哈伯微微點頭，道：「嗯，只是受了點傷，不礙事。」說罷，便打開魔瞳，運功療傷。看到他沒有大礙，我這才放下心來。

我轉頭將拉哈伯遞給煙兒，說道：「我們回到外面再說。」

煙兒點點頭，接過拉哈伯，便隨我一同離去。

不過，當我們經過米高的屍體時，那屍體忽然「活」了過來，一把抓住我的腳！

「嘿嘿嘿，畢永諾，我們又見面了。」

「米高」抬起五官流血的臉，看著我獰笑。

但他喉嚨發出的，卻是撒旦教主的聲音！

第十五章
深仇舊恨

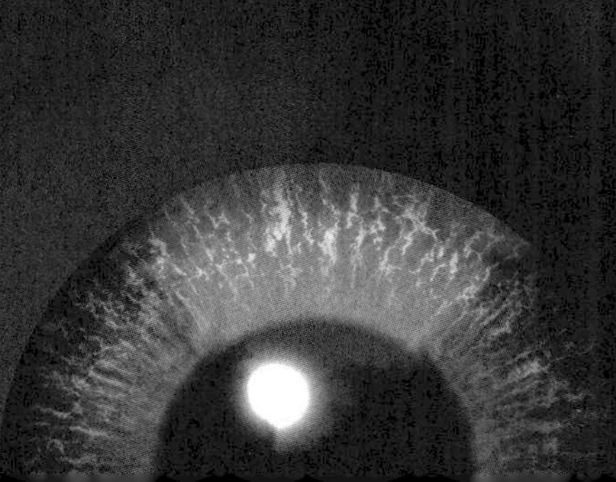

第十五章　深仇舊恨

「原來是你，想不到你也會有跪倒在我腳下的一天。」我看著被鐵面人操縱的屍體笑道。

其實剛才薩麥爾在殺意正盛時忽然離去，我便猜想鐵面人或許已身在場中。現在拉哈伯受了不輕的傷，而我又元氣未復，和鐵面人交手未必能夠安然而退。幸好，他只是利用「傀儡之瞳」，和我們隔空談話，這樣一來倒使我鬆一口氣。

「嘿嘿，廢物，那麼快便忘記上次那狼狽樣子嗎？」米高的屍體抓住我的腳，緩慢地爬起來。

我一手抓住他的衣領，扯到面前，笑道：「那次確是我一時大意，但你若沒『明鏡』護身，說不定早已被我的魔瞳殺了。」

「『鏡花之瞳』，不足為懼。」七孔流血的死屍，抽搐似的嘲笑。

「原來當初在香港操縱火屍的人是你，我早就奇怪，羅弗寇怎會認不得我呢？」本在煙兒懷抱中閉目療傷的拉哈伯，忽然睜眼說道：「你究竟是誰？為甚麼會有『傀儡之瞳』？羅弗寇呢？」

死屍勉力把頭一側，瞪著拉哈伯冷冷的道：「羅弗寇？廢物的下場，就是在這個世界消失！」

拉哈伯身上，殺氣忽現！

我但覺眼前黑影一閃，手中屍體忽血如泉湧，米高的頭顱竟離開身體，向後激射而去！

「轟」的一聲，頭顱重重的撞上牆身，腦漿和鮮血在牆上展開成一朵觸目的血花。

「想不到……羅弗寇竟然死了。」拉哈伯嘆了一聲，但語氣沒有多大婉惜。

我放下屍體，回頭說道：「究竟那撒旦教主是甚麼人，能有如此大的本事，不單殺死羅弗寇，還能讓薩麥爾臣服其下。可惜他已離去，我們不能再多套問甚麼。」

「不，他應該還在。」拉哈伯一語方休，果不其然，那數千名死屍中再次傳來鐵面人的陰森笑聲。

一赤裸男子從屍群中艱難地爬了出來，咧開滿是鮮血的大嘴朝我們嘲笑道：「嘿嘿嘿，廢物就是廢物，動輒便生氣得胡亂出手。」

這一次拉哈伯倒沒有發作，反用傳音入密向我叮嚀道：「小諾，剛才我一時魯莽，這次你定要從他口中探出消息。」我輕擦鼻子示意明白。

這時，被鐵面人操縱的裸屍，緩緩站了起來。

裸屍腳步欄柵的走過來，同時笑問：「畢永諾，你知道今天我為甚麼沒有親身來到這裡嗎？」

「因為這聚會，其實是一個用來對付我們的陷阱吧？」我笑問。

「你在甚麼時候發現？」鐵面人饒有趣味的問道。

「其實在那兩名擁有魔瞳的撒旦教眾頭腦無故爆炸時，我已隱約感覺到。那時候，我忽然想起，你的教眾身上彷彿都安裝了炸彈，像在香港的火屍，以及十名特種部隊。」我看著裸屍笑道：「到了意大利，連兩名擁有魔瞳的教眾你也捨得炸死，但為甚麼偏偏留下羅虎這個活口，更讓我們能從他口中得知你們此處分部的位置呢？接著羅虎和鄭子誠同時失蹤，這使我更肯定這撒旦教集會是個餌！」

鐵面人冷笑幾聲，道：「看來你那沒用的腦袋，還未完全壞掉。」

「呵呵，不單未壞，還靈活得足夠應付你的手段。」我笑著回應。

「嘿，你說得不錯，這集會本要讓你命喪於此，誰知孫悟空竟然殺不了你這廢物，反身受重傷！」裸屍憤然道，隨即又發出陰森笑聲，說：「畢永諾啊，你為甚麼總是死不去？你知不知道這樣使我很難堪。」

「對不起，我不單不會死，而且還會把你的撒旦教搶奪過來。」我攤攤手，一臉抱歉的說道。

「嘿，憑甚麼？」

「就憑撒旦．路斯化這個名字。」我傲然笑道，誰知鐵面人聽到後卻忽然大笑起來。

「撒旦？又如何？現在的你，連薩麥爾都能輕易幹掉！」裸屍冷笑道。

我冷哼一聲，反駁道：「或許我實力不如他，但他要殺我亦非易事。」

「嘿嘿，二千年前，你不就是被他殺過一次嗎？二千年後，我相信結果還是一樣。」鐵面人鄙夷地看著我，陰森笑道。

「薩麥爾不過是趁撒旦元氣大傷，暗施偷襲！若真是單打獨鬥，撒旦一招便能讓他永不翻生！」拉哈伯怒道，每次提及撒旦，他總是沉不住氣。

「拉哈伯，當了數千年魔鬼，為甚麼還是如此天真？難道你仍不明白我和你們的實力差距，有如雲泥？」鐵面人仰天笑道：「更何況我手下魔鬼數千，教眾遍佈各地，你們算起來也不過是四人，怎能跟我相鬥？」

「這情況不會維持很久，我說過，我會把整個撒旦教給搶過來。」我笑道。

裸屍搖頭嘆息：「白痴啊，你真的沒有一點自知之明。妄想能阻止末日來臨，又天真地以為能跟我對抗。」

「是我妄想還是你自大，現下還言之過早吧？」我笑道：「直到現在，你還不是殺不了我。」

鐵面人像是聽到甚麼滑稽的事，忽然指住我瘋狂大笑。

「哈哈哈！畢永諾，假若我沒有命令薩麥爾放過你們，倒在地上的會是你！你要記住，並非我殺不了你，而是我不想殺你，哈哈哈！」鐵面人有氣無力的笑道。

對於鐵面人這種瘋狂態度，我早見怪不怪，不過我身後的煙兒卻按捺不住，怒道：「壞蛋！不許你這樣說大哥哥！」

鐵面人笑聲忽止，一雙陰狠的眼睛朝煙兒上下打量，道：「你就是妲己的女兒嗎？嘖嘖，母親那般艷麗動人，女兒卻其貌不揚，你真是她親生女兒嗎？」

煙兒怒不可遏，高聲怒叱：「究竟你為甚麼要捉走我媽媽？」

鐵面人狡笑道：「嘿，你媽媽容貌艷絕無雙，我捉她回去，當然是要……嘿嘿！」

「你這淫賊！」煙兒急得哭了出來。看到煙兒梨花帶雨的淒涼模樣，我不禁義憤填膺，收起嘻皮笑臉，瞪著裸屍冷冷的道：「你嘴巴給我放乾淨點！」

鐵面人看著我冷笑道：「幹麼這般著急？難不成你這廢物對人家有意思？」

我沒理會他的胡言亂語，只沉聲問道：「說，你為甚麼要捉走妲己和其他魔鬼？」

「嘿嘿嘿，我可不能輕易告訴你們。」鐵面人陰沈沈的笑道。

「就算你不說，我也能找出真相，將其他魔鬼搶回來。」我冷笑道。

「嘿，又是憑撒旦的名義？」鐵面人狡笑道：「可是畢永諾，如果我說，你根本就不是撒旦呢？」

我聞言一征，隨即沉聲問道：「你這是甚麼意思？」

裸屍勾勾手指，示意我走近。

他現在不過是凡人之軀，我也不怕他的偷襲，便走了過去。

他把頭靠近我的耳旁，煞有介事的輕聲說道：「我知道你看過那份文件，難道你對自己的身世沒有懷疑？」

我瞪著他，說道：「你說清楚一點。」

「撒旦轉世，真的那麼簡單嗎？」鐵面人呵呵笑道：「你不過是一個來歷不明的野孩子，又怎能證明你是撒旦？」

「我會『地獄』、擁有『獸』的血記。這都是鐵一般的證據。」我說道。

「是嗎？」鐵面人陰森森的冷笑一聲後，忽然伸起食指，在我的胸膛上緩緩移動。

我大惑不解地看著他手指動作，可是當他劃了數筆後，我不禁面色大變。

因為鐵面人手指所劃之處，正正是血記的筆觸！

「你……你怎會知道血記的位置？」我訝異地問道。

其實知道血記模樣的大有人在，因為那不過是古希伯來數目字六六六。

可是據我所知，這血記從來都不會輕易示人，但鐵面人卻竟能一絲不差，精確無誤地在我胸口劃出來，而且動作毫不猶疑，顯然對血記的位置了然於胸！

拉哈伯尚且不能做到如此精準，這一來教我不得不感到驚駭萬分。

鐵面人看到我的反應，再次放聲大笑，道：「嘿嘿，知道嗎？不要再這麼天真了！你不過是一個廢物！有血記，又如何？會『地獄』，又如何？」

「雖然我不知你怎會如此清楚血記，但這不能說明我非撒旦。」我冷笑道。

話雖如此，我盡管仍相信自己就是撒旦，可是心底裡終究產生了一絲疑惑。

「早知道你不會相信，」鐵面人對我瞧了一眼，笑道：「轉過身去，我再給你看一樣證據。」

我依言轉身，卻聽得拉哈伯急道：「小諾，不要！」

我心知不妙，可是想回身時，背上忽傳來一陣撕裂般的劇痛，顯然是被銀器刺傷！

「啊！」

痛楚使我放聲大叫。

我沒想到渾身赤裸的屍體仍能藏著銀器，心中不禁自責大意。

當我想回身反擊時，被鐵面人操縱的裸屍卻一把扼緊我的脖子！

「畢永諾，把背賣給敵人這般蠢事你也幹得出，你憑甚麼跟我鬥？」鐵面人在我耳邊陰森森地說。

「可惡！」我怒吼一聲，反手想把他的頭顱捏碎時，卻聽他說道：「想知道李鴻威的消息嗎？」

我不禁一呆，因為渾沒想到他會在這關頭提供消息。

「快說！」我強忍背上痛楚，同時暗中提防有詐。

「他有一句話，要跟你說。」鐵面人在我耳邊神秘的說道。

「跟我說？」我疑惑不解，李鴻威是子誠的殺妻仇人，怎會認識我？

「對，你聽好了。」鐵面人嘿嘿笑了兩聲。

我立時留上了神，卻聽得鐵面人的聲音轉變，變得粗糙沙啞，道：「畢永諾，我要把你做過的好事，十倍奉還！」

他和我耳語，當中怨念竟是異常的沉重。

「好事？你是誰？」我愕然問道，因為我完全想不起聲音的主人是誰。

怎料鐵面人已回復本來的陰森聲線，道：「嘿，我只讓他轉達一句，所以沒有其他了。」

正當我大惑不解時，鐵面人忽然「啊」的一聲，說道：「對了，他還有一樣事情要給你看。」

「甚麼事？」我疑惑問道。

「嘿嘿，看清楚了，保證讓你難忘。」鐵面人說畢，身體突然震動起來。

接著，周遭屍群忽然一陣騷動。

我聞聲環顧四周，卻見每具死屍忽然一致地朝我緩緩爬行。

可是最詭異之處，卻是每一具屍體，竟發出一模一樣的歡愉笑聲。

一模一樣，彷彿嬰兒般的歡愉笑聲。

這些笑聲，忽然勾起我的記憶。

我想起四年前，我第一次運用「鏡花之瞳」的情景。

那一天，我好像讓一個欺負過我的惡霸，看見恐怖的幻象，把他嚇瘋。

「記起我了嗎？」

沙啞的聲音再次在我耳旁響起。

同一時間，所有本來在地上爬行的屍體，全都站了起來，神色天真，碰碰撞撞的跑到我身邊！

我錯愕地轉頭看著背後裸屍，只見他咬牙切齒的道：「畢永諾，我要你為曾經做過的事情後悔！」

說畢，裸屍忽然銳聲尖叫，腦袋應聲爆炸，無數血花腦漿濺到我臉上！

此時，圍在我四周的裸屍全都瞪大了眼，一致地發出刺耳的尖叫聲，數千具死屍的頭腦隨即同時間爆開，形成一幕鮮紅妖異的血煙花！

我呆呆地看著頭腦一分為二的屍群，久久不能言語。

我一時還未從驚訝中回過神來，忽感周身劇痛，卻是頭腦裂開的屍群如潮水般湧至，伸手抓住我，並神態瘋狂的張口咬噬！

「大哥哥！」

我奮力抵抗期間，一隻小手忽然從屍體群中伸出，將我向後拉扯。

我立時醒悟是煙兒，連忙催勁一震，將周身的裸屍震開。

成千上萬名屍體群情洶湧，將我們團團圍住，擠得水洩不通！

我大喝一聲，召出「鏡花之瞳」，魔力瞬間大增。

我雙手手刀亂舞，好不容易才能在不怕痛的屍群中殺出一條血路。

才突出重圍，我便立時抱住煙兒朝大門跑去。

背後不時傳來毛骨悚然的尖叫聲，幸好他們的速度跟我相差太遠，不消一會我已擺脫屍群。

「這究竟是怎麼的一回事？」我一邊走，一邊皺眉盤思。

我萬萬想不到，李鴻威，竟然就是當年毒打我的惡霸！

當初我利用「鏡花之瞳」使他看見被嬰兒虐待的幻覺，按理應該早把他嚇得變成白痴，但從他剛才的說話聽來，他思想根本宛如常人。

「此地不宜久留，先離開再說。」被煙兒抱住的拉哈伯鎮定地道。

我點點頭，加快步速跑向長廊盡頭。

來到那通往地面的圓柱隧道前，整個通道不知怎地寬闊許多，地上佈滿石塊。

拉哈伯似是看到我的疑惑，便即解釋道：「封住隧道的石門太厚，我又沒有魔瞳將門打開，所以剛才我在地面時變回原形一剎，一腳將通道踏碎。」

我聞言抬頭一眼，果真看到天上繁星點點。

這時，我聽到屍群的怪叫聲從不遠處傳來，連忙抱住煙兒他們，踏住隧道牆身左右交錯的跳回地面。

回到地上，但見四周空無一物，原來的圓身教堂已變成頹垣敗瓦。

「太久沒變回原形，所以一時忘記體積比這教堂大，一不小心就把地方弄毀。」拉哈伯滿不在乎的說，看來剛才的傷勢已經復原。

「難怪你會變成一隻小貓兒模樣，你的原形實在巨大得有點誇張。」我看著周遭廢墟，有感而發。

拉哈伯用鼻子噴了噴氣，道：「哼，說話回來，如果我變回原形，剛才就不會被薩麥爾贏得那般輕鬆。」拉哈伯說罷，地面忽然劇烈震動。

我感到地下溫度倏地急速上升，立時帶著煙兒往後躍開數米，只見那隧道口忽然「蓬」的一聲，噴出一條衝天火龍！

「這撒旦教主真愛用火，每次總要把東西炸得一乾二淨。」拉哈伯冷冷的道。

我看著火龍閃爍，心情起伏不定。

這次來到意大利，雖然找不到妲己和李鴻威，卻意外得知我不是媽媽親生，而且我、我媽和子誠的妻子，竟然都是來自同一所孤兒院。

想起李鴻威原來就是當年的惡霸，我的心更是沒由來的抹上一層陰影。

「大哥哥，怎麼了？」煙兒忽然握住我的手，柔聲問道。

我朝她搖頭笑了笑。這丫頭找不到她媽媽，仍如此關心我，教我不禁微覺感動。

此時，我忽然想起子誠，連忙向拉哈伯問道：「對了，子誠呢？他人沒事吧？」

「他的左手斷了，現在被我藏在一所民居中。」

我想了一想，問道：「他的項鍊是不是被人搶了？」

「你怎知道的？」拉哈伯皺眉問道。

「我們邊走邊說吧。」我說著，同時將文件從懷中掏出。

我們跑了一會兒，終於回到市中心。

這時，天空烏雲滿佈，陰霾無光，幸好我夜視能力超凡，能夠在街頭巷尾奔跑自如。

我跟隨拉哈伯的指示，一直向東邊跑，多跑了一會兒，拉哈伯已經在我的肩上把文件看完。

「沒想到你竟是孤兒。那孤兒院背後，一定藏有某些秘密。」拉哈伯用長尾將文件放回我懷內，沉聲說道。

「嗯，我想我們得去日本走一趟，調查一下那孤兒院，看看能不能從中找出我的身世。」我頓了一頓，道：「我們還得打探一下，那十字項鍊的秘密。」

「嗯，只怕撒旦教比我們先找上那孤兒院。」拉哈伯抬頭道。

此時，我忽想起懷中怪簫，連忙拿出來，問道：「對了，拉哈伯，你知道這支長簫的來頭嗎？」

「這……這是十二神器之一——『靈簫』！」拉哈伯看到怪簫，雙眼立時精光爆發。

「神器？」我和煙兒同時張口愕然。

拉哈伯神色興奮的看著銅簫，問道：「你們是怎樣得到它的？」

待我將事情從頭到尾說一遍後，拉哈伯便問道：「嗯，你聽過『彩衣吹笛人』這個童話故事吧？故事中的魔笛，就是『靈簫』！」

「彩衣吹笛人」是一個有名的童話故事，我當然聽講。

故事講述德國古時有一小鎮陷入鼠疫時，恰巧有一名身穿彩衣的男子到訪。那彩衣人開出報酬，保證能把老鼠統統趕走。

那些村民束手無策，沒多想便即答應了彩衣人的條件。

定好協議後，彩衣人便取出一根笛，奏起了奇異的樂章，接著，那成千上萬的老鼠，竟突然現身，並集中在彩衣人四周。

彩衣人吹著笛子，引領那批老鼠，來到鎮外的河裡。那些老鼠像是失去本性，竟統統跳盡河裡淹死，小鎮的鼠疫就此解除。

不過，鎮上的居民並沒有因此感激彩衣人，反而毀了約定，不付酬勞。那彩衣人一怒之下，再次吹起笛來，不過這次演奏，吸引的不是老鼠，而是村中所有幼孩。村中孩童全都著了魔般，不論他們父母如何阻止，死命都要跟隨彩衣人離開。最後，那神秘的彩衣人便帶著一眾幼童離開，而那批孩子，從此不知所蹤。

「『靈簫』……就是操縱靈魂的意思嗎？」我問道。

「不錯。」拉哈伯點點頭。

「難怪我剛才被它弄得慾火焚身。幸好孫悟空沒用它對付我。」我說道。

「嗯，不過臭猴子過了這些年，功力也長進不少，竟然能逼你使出『地獄』。」拉哈伯道。

「他真的變厲害，我要使出九成功力才能制住他。」我想起他難纏的連環變身之技，問道：「對了，他的魔瞳能力是不是可隨意變身？」

「不全對，他的魔瞳名叫『色相之瞳』，其能力確是變身，」拉哈伯解釋道：「不過，『色相之瞳』有一個限制條件，就是必須跟想變成的人物，雙目不停對視六天。古時一天有十二時辰，六天共有七十二時辰，這也是傳說中七十二變的來源。」

「還真有趣，可是如此一來我也不怕會跟『自己』作對。」我笑道。

緊緊跟隨在旁的煙兒好奇問道：「那麼他真的跟唐三藏去過天竺取西經嗎？」

「這一層我就不清楚了。江湖傳聞，他確曾跟隨唐三藏去西方，但最後卻是唐三藏自己一人回來，孫悟空則是突然失蹤了。」拉哈伯說道：「當所有魔鬼都以為悟空已死時，他又忽然現身，實力更提升許多，可是他怎也不肯說出失蹤的那些年去了哪裡。」

這時，拉哈伯忽然用尾巴向左一指，道：「翻過那條小巷，左側第三間就是了。」

我依言尋到第三間，只見一所乾淨的白色小房子，內裡卻傳來混濁的血腥氣味，看來拉哈伯已經把室內的人清理掉。

當我想叩門進去的時候，房子的大門忽然打開了，一人從從房內探頭而出，正是子誠，可是他見到我們時，卻一臉驚訝。

「你現在肯相信我嗎？」一股蒼涼的聲音從內裡傳來。

我聽得屋內有人，連忙衝了進去，只見房子左邊沙發上躺著兩具屍體，而廳子中央，正坐著一名白髮蕭蕭的老人。

白髮老人的雙眼被一黑布蒙上，雙手撐著一根木拐杖，一副弱不禁風的樣子。

「你是誰？」我沉聲問道。

「你就是畢永諾吧？」白髮老人抬頭對著我，不答反問。

說也奇怪，這老人雙眼明明已被黑布蒙住，我也絲毫感受不到他的眼光，但不知怎地，他往我瞧的時候，我有一種周身被人看透的感覺。

就在這時，我肩上的拉哈伯忽然說道：「小明？」

「好久不見了，小拉。」白髮老人應道。看來他跟拉哈伯早已認識。

「你來幹麼？」拉哈伯冷冷的道。

白髮老人平靜的道：「老夫這一次來，是因為你要問老夫一個問題。」

拉哈伯冷笑一聲，道：「我曾許下誓言，這一生，都不會要你替我解答問題！」

正當我在思索二人的對話時，子誠忽走到我身邊，低聲說：「這老人家在拉哈伯離開後不久就來叩門，說要等你們回來。」

「等我們回來？」我奇道。

「嗯。本來我怕他是撒旦教的人，但看他年紀老邁，不似有詐，便讓他進來。」子誠說著，不自禁瞧了瞧老人，「可是他真的有點門道，剛才我在你們來到門口時就把大門打開，正是聽了他的指示。」

我笑道：「說不定只是他耳力或嗅覺極強，感覺到我們已到門外。」

卻見子誠搖搖頭，說：「不，他還說了很多東西給我聽，我起初也不相信。但現在看來，這老人擁有預知的能力。」

「預知的能力？」我聞言皺眉。

「對，他剛才曾跟我仔細描述你們進屋後的情況，此刻對比，當真是絲毫不差。」說著，子誠忽指了一指，「你看你左腳下是不是有個小圓圈。那是他預先說出你所站位置後，我刻下的記號。」

我低頭一看，左腳果真踏住一個紅色小圓！

我心下甚是詫異，連忙抬頭看著老人，而白髮老人似乎早已料到，恰恰在這時候面向著我，說：「對，這是老夫的魔瞳、『先見之瞳』的能力。」

「果然厲害！」我淡然笑道。

其實我剛才心裡想問他魔瞳是否有預知能力，想不到卻被他搶先回答。

白髮老人轉頭看回拉哈伯，道：「小拉，不要猶疑了，老夫曾答應過為你解答三條問題，這次你一定會問。」

拉哈伯冷笑道：「我說過不會，就是不會。」

「你心中有太多疑惑了。」白髮老人語氣平淡，卻又自信十足的道：「你第一個要問的問題，就是畢永諾究竟是不是真正的撒旦轉世？」

拉哈伯瞪著白髮老人，久久不語，可是眼神卻從堅定無比，漸漸變得柔軟起來。

「告訴我，他究竟是不是撒旦？」拉哈伯忽然仰天嘆息道。

我心下立時一沉，因為我萬萬想不到，拉哈伯竟因剛才鐵面人的片面之詞而對我身分起疑！

「拉哈伯，那鐵面人說的話就一定對嗎？說不定這是撒旦教的離間計。」我語帶不滿地抗議。

拉哈伯瞪了我一眼，正想說話時，卻被老人截住。

「畢永諾，如果你真的是撒旦轉，自然不用害怕老夫的答案。但如果你根本不是地獄之皇，那麼就算老夫騙你說你是撒旦，到末日時，吃苦的還是你自己和身邊的人。」老人淡然說道。

我冷笑一聲，道：「嘿，你盡管說來聽聽，如有半句謊言，我就將你送到十八層地獄去！」

「『先見之瞳』，從來只看真相。」老人淡然笑著，同時用拐杖將黑布揭起少許，一股澎湃的魔氣，從中洶湧翻滾出來！

我心裡一驚，因為這老人的魔氣，竟比孫悟空的更為妖邪凌厲！

「孔明的嘴巴，永遠只吐實話。」

老人露出的魔瞳，瞳色殷紅如血。

那魔瞳彷彿擁有生命，正妖異地瞪著我。

第十六章

先見之明

第十六章　先見之明

我看著孔明，默言不語。

只見「先見之瞳」異常靈動、彷彿是一個獨立生物般對我上下打量。一邊打量，一邊顫動。

隨著時間過去，「先見之瞳」的震動越發激烈，而孔明的額頭也滲出無數汗珠，神色漸見痛苦。良久，孔明忽然拉下黑布，重新掩蓋魔瞳。

驚人的魔氣，瞬間消失得無影無蹤。

「如何？」拉哈伯冷冷的問道，我在一旁忐忑不安。

孔明沒有立時回答拉哈伯，反重重的吐了一口濁氣，然後朝我問道：「你知道『先見之瞳』的功用嗎？」

「不就是看見未來？」我疑惑道。

孔明輕輕搖頭，道：「不盡然，其實『先見之瞳』看到的，不是確實的未來，而是所有可能出現的未來。」

「所有可能出現的未來？」

「不錯。這世界分秒間轉變，所以未來，也無時無刻在改寫。『先見之瞳』，其實就是能看出一件事或一個人，這刻以後所有可能會經歷的未來。」

「那你怎能確定，無數的未來中，哪一個才會真正出現？」我不解問道。

孔明抬起頭來，淡然笑道：「這就是『先見之瞳』的厲害之處。老夫能看到所有可能發生的未來，而這千百個未來當中，假若有其中一個是老夫所希望能發生的，那麼老夫只要跟隨著這未來當中的所有細節進行，結果便會如老夫所料，絲毫不差的出現。」

孔明指了指我腳邊的紅圈說：「打個比方，其實你進屋以後，一共有八十五個可能會站立的位置。可是在老夫看到的未來當中，如果老夫先讓子誠在地上畫圈，那麼你最後站立的地方，一定是在紅圈之上。」

我大致明白「先見之瞳」的運作，便問道：「這跟我是否撒旦，有何關係？」

孔明對我瞧了幾眼，道：「你知道你現在有多少個未來嗎？」我搖搖頭。

「八百二十二個。」孔明淡然說道。

「你的意思是，在這八百多個未來中，我有可能是撒旦，又有可能不是撒旦？」我問道。

「正確來說，在這八百二十二個未來當中，只有其中二個未來，你會變成撒旦。」孔明語氣平淡。

我倒抽一口涼氣。八百二十二分之二，多麼小的機率！

「為甚麼我要『變成』撒旦？我現在不就是撒旦嗎？」我呼吸漸重，心中不太願意接受孔明說的話。

「畢永諾，其實你應知道，現在你的根本不是完整的撒旦。」孔明轉頭向拉哈伯問道：「老貓，你應該跟他提過撒旦的外貌吧？」

拉哈伯漠然地點點頭，道：「撒旦頭有二角，全身膚色漆黑如夜，而上身則烙上『獸』的血記。」

撒旦的特徵，拉哈伯早已跟我說過，而撒旦教的聖經中也有所提及，所以剛才在地下廣場中，撒旦教眾看到我上身血記時，無不嚇得五體投地。

「這就是了。要成為真正的撒旦，那麼你一定會變成那個樣子。」孔明道。

「你說的那個模樣，我可是曾經變過一次。」我反駁孔明道。

孔明淡然一笑，道：「可是你一變身，便會失去神智，對吧？」

我聞言，心裡猛然一震。

在埃及訓練時，我的確曾有一次，意外變成孔明所說的模樣，並毫無先兆地失去意識。

失去意識的時間雖然短暫，但當我醒來時，我便知道昏迷期間，我會變得非常恐怖。

非常、非常的恐怖。

忽然間，我想起了去世的師父。

想起了那個無可挽救的錯。

「畢永諾，你知道嗎？你之所以不能保持神智澄明，是因為你靈魂沒有足夠的力量，駕馭那股只屬於『獸』的黑暗。」孔明忽然站了起來，道：「現下你的實力，連老夫也不及，怎能自稱是地獄之皇呢？」

「慢著，如果在這八百二十二個未來當中，只有二個我會成為撒旦，那麼其他八百二十個未來就不會有撒旦出現嗎？」我沉聲問道。

「不，撒旦還是會出現。」孔明向我瞧了一眼，道：「只不過，是由另一個人變成而已。」

這候，我已猜想得到，孔明口中的另一個人，就是鐵面人！

「沒錯，就是現任撒旦教教主。」孔明似是看透我的心思。

現在我終於明白，為甚麼他一直對我窮追不捨，要把我殺之而後快。

「但這……這怎麼可能？撒旦怎會有兩個轉世？」我心下疑惑頓生。

「假若老夫說出因由，你便會進入變不到撒旦的未來。」孔明淡然說道，「老夫只能告訴你，一切的謎團都不會維持太久，但能否變成撒旦，除了老夫的提示，還是要看你自己造化。」

「提示？甚麼提示？」我問道。

「師父。」孔明留下兩字，便撐住拐杖，腳步蹣跚地走到我身旁。

「師父？」我看著孔明，大惑不解。

孔明點點頭，然後繼續走向大門：「去日本一趟後，便去見一見你師父吧。」

「可是我師父已不在人世，我怎去見他？」我皺起眉頭，看著孔明的背影問道。

「當你找到他時，自然就會明白老夫話中之意。」孔明打開大門，背對我說。

「為甚麼要幫我？」我忍不住問道。

「老夫只是，曾答應過一個人要助你成為撒旦而已。」

「小明，那餘下的兩條問題呢？」拉哈伯忽然跳到我的肩上。

孔明半轉過頭，淡然說道：「老貓，餘下的兩道問題，你還是留給這小子好了。」

拉哈伯默默看著孔明半晌，然後明白似的點頭，道：「嗯，就留給他吧。」

「老貓，當年，我真的是逼不得已。」孔明拋下這一句後，身影就從門口詭異的消失了。

我急忙跑到門外，放聲叫道：「前輩，你何時會再出現？」

「『地獄』，不單是指『鏡花之瞳』所產生的幻象，而是另一個和『天堂』相對的容器。當你找到『地獄』，就是老夫再現之時。」孔明恬淡的語聲從數里外，斷斷續續的傳來。最後，四周又回復安靜。

「他走了。」拉哈伯從我的肩膀跳到地上。

「拉哈伯，為甚麼你不相信我就是撒旦？我不是你和師父找出來的嗎？」我質問拉哈伯。

拉哈伯瞪了我一眼，道：「小諾，你也聽到了，你只有四百一十一分之一的機會會變成撒旦，我的懷疑十分合理。」

「可是你憑甚麼去懷疑我？我能完全發揮『鏡花之瞳』，就連『地獄』中的十八層我亦能一一施展出來。」我對拉哈伯的不信任仍耿耿於懷。

「剛才小明不是解釋了嗎？一，你的外表不像；二，你的力量跟撒旦差太遠了。」拉哈伯躍上淡黃色的沙發，「要不是當初你師父的『鏡花之瞳』對你有所反應，今天你跟我也不會在這兒吵架。」

「哼，你大可以就此離開，反正我有很大可能變不到真正的撒旦。」我冷冷的道。

「與其和薩麥爾共侍一主，待在這兒還是比較好一點，」拉哈伯瞇眼笑道：「何況，他們的目的未明，必未就是對抗天使軍。所以嘛，道不同自然不相為謀。」

這時，煙兒察覺到我倆間的氣氛越來越不對路，連忙打斷我們，道：「你們別吵了，先去看看子誠哥哥的傷勢吧。」

我先按下怒氣，轉過頭去觀看子誠傷勢。但見子誠雖神色如常，可是斷掉的左手只重生了一半，傷口依然不斷有血滲出。

「你的手還好吧？」我從冰箱中拿出一碟冷盤來遞給他。

子誠謝過後，道：「嗯，已經在慢慢復原了。」

「為甚麼不打開『追憶之瞳』？那樣才會回復得較快。」我看到子誠瞳色如常。

子誠不好意思的笑道：「因為我不想胡亂浪費魔力，不然又需要吃食他人的慾望來補充。」

我明白子誠的想法，他當了魔鬼不久，人性未泯，所以盡可能不想作一些損人利己的事。

我拍拍他的肩示意了解：「那麼你就多吃一點吧。」

子誠邊點頭，邊將冰肉片送進口中。

「對了，子誠，你妻子的原名是不是東城文子？」我忽然醒起那份文件。

「是啊。她嫁給我後才改了個中文名字，鄭若濡。」子誠訝異的看著我，「你是怎樣知道的？」

「要有心理準備。」我沉聲說道，然後將懷中的文件拿了出來給他看。

子誠大惑不解的看著我，誰知接過文件，甫一打開，他的眼淚便即流過不止。每看一行，淚勢便加劇一分。

「若濡……你們的目標不過是那條項鍊，為甚麼要連她性命也取走……」子誠看完文件後，緊閉雙眼，仰頭嗚咽，握拳顫抖。

我見狀，溫言安慰幾句後，問道：「子誠，剛才為甚麼你會突然走開？」

「剛才你們走了不久，突然有一股聲音傳入我耳中，自稱是李鴻威。我一聽到他的名字，便立時跑出陽台。後來見到對街的屋頂上，有一人影向我招手，我便馬上跑過去。」子誠擦了擦眼淚，聲音沙啞的道：「可是，我一躍上屋頂，那人影轉身便逃。我窮追不捨，後來追進一棟荒廢已久的公寓時，突然有數名黑衣人現身，而原本我追趕的李鴻威卻又不見了。那幾人聲言要搶去我的項鍊，我那時才知是陷阱。」

聽到這兒，我和拉哈伯不禁對視一眼。

引子誠離開的人，應是用上了傳音入密，不然煙兒不會聽不到聲響。

如那人真是李鴻威，那麼他的實力顯然不低，因為即使我，也使用不出傳音入密！

「他們想將我殺死，可是當我的手被他們砍掉後，忽然殺性大起，一時失手，就將他們其中幾人……幾人殺死。」子誠頓了頓，續道：「餘下的見勢色不對，搶了項鍊便逃。那些人離開不久，拉哈伯就尋上我了。」

我知道子誠他突然失控，是因為他的力量不能完全控制體內魔氣。

其實子誠在香港時已試過忽然變得凶暴嗜殺，這情況跟我變成撒旦後突然失去理智的情形大同小異。

「一共有多少人伏擊？全都是魔鬼？」我問道。

「十個人，十個穿戴奇怪武裝的黑衣人，但都不是魔鬼。」子誠用袖子拭淚，「我想，他們就是你之前遇到的那個殺神部隊。」

「嗯，那些人的確厲害，上次我也吃了他們兩顆子彈。」我一時想起淺水灣一戰，「對了，你知道他們為甚麼要奪走那十字項鍊嗎？」

「不知道，我一直只以為那是條普通項鍊。」子誠搖頭說道。

「嗯，那十架項鍊是誰送給你妻子的？」

「那項鍊……好像是若濡以前住過的孤兒院的院長所送。」

又是孤兒院。

這次意大利之行，想不到非但找不到妲己或李鴻威，連子誠的項鍊也給人搶走了，真是得不償失。

不過，當我想起敵人實力遠比想像的高，一股既興奮又憂慮的複雜感覺便不自覺從心底中滲透出來。

我一直堅信自己是撒旦轉世，即使孔明揚言，我只有四百一十一分之一的機會，我還是認為，最後帶領群魔殺到天上唯一面前的人，一定是我。

孔明走了，卻遺留下一堆疑團迷霧。

我平躺在飛機的機身頂上，看著天外繁星發呆。

三萬呎的高空漆黑一片，四周凜凜寒風刺骨，引擎吵鬧不休，周遭的溫度更是冰冷得令人不能呼吸。

不過這種環境，正好讓人清醒頭腦。

以及鍛鍊身手。

「無論如何，我們到達關西，就先去那孤兒院一趟。」我側過頭，朝已單手倒立了三個小時的子誠大聲說道。

「可是，我們不用去找妲己前輩嗎？」子誠神色自若的喊問。

「我們苦無頭緒，無從入手，只好先去孤兒院看看。就算撒旦教的人比我們先到一步，但以鐵面人的性格，他一定會留下線索，引我繼續追尋。」我頓了一頓，續道：「好了，你現在開始，倒立著從機頭走到機尾吧！一直走到能不偏不倚，快若奔馳，你就開始打空翻吧。」

「小諾，這般訓練真的有用嗎？」子誠疑惑地問道。

「我保證，如果你能完成這特訓，那麼以後你在鋼線上跳舞也是易如反掌。」我笑道。

子誠聞言一愕，又點了點頭，便開始用雙手支撐，搖搖擺擺的向機頭走去。

「小心點，別嚇倒機長。」我大聲笑道，子誠在遠處揮手答應。

特訓其實是子誠有感自己實力不足而主動提出，不過訓練方式，自然就是由拉哈伯設定。

經過三小時的訓練，子誠已漸漸適應這極其惡劣的環境。

從一開始臉白唇紫，幾乎窒息的跌下飛機，到現在身子看來晃搖欲墜，可是似危實穩，實在說得上突飛猛進。

當我看著子誠的背影漸漸變小，思緒再次平靜下來時，忽然，一道細小黑影在我肚子上憑空出現。

「臭貓，上來幹嘛？」我別過頭冷冷的道。

「小子，還在生我的氣嗎？」拉哈伯瞇眼笑問。

我把頭轉回來，冷漠的瞪著他，可是拉哈伯卻恍若不覺，神情依舊輕鬆自在。

「唉，臭貓，我真的猜不透你在想甚麼。既然你對我能力存疑，孔明也明言我成為撒旦的機會渺茫，你又何苦要跟我在一起呢？」我嘆了一口氣。

「我倆好歹也有四年感情，我當然不會隨便捨你而去。」拉哈伯陰側側的笑道。

「四年感情？你這頭數千歲的魔鬼會在意這短短四年的感情？我可不相信啊！」我冷笑道。

聽到我的嘲諷，拉哈伯沒有立時反駁，而是抬頭看著滿天繁星，道：「其實，還有另一個原因。」

「嗯？說來聽聽。」

「相比起鐵面人，你的性格比較像他。」拉哈伯再次低頭看著我，眼神誠懇。

「你指撒旦？」我的好奇心被引出來。

只見拉哈伯點點頭，道：「不過，他的性格比現在的你要冷酷得多，雖然他也有好心腸的時候，但卻是永遠喜怒不形於色。」

「冷酷？那不是更像鐵面人嗎？」我奇道。

「不，那傢伙是變態殘暴，但撒旦絕對不是一個好殺嗜血的魔鬼。」拉哈伯碧綠的眼睛向我瞧了一會後，續道：「其實正確來說，四年前我初遇到的你，比較像他。」

「四年前的我？我現在跟那時有甚麼不同？」我問道。

「雖不明顯，但相比起從前，現在的你變得開朗，而且更多了一絲仁慈。」拉哈伯正色道。

「是嗎？我自己倒不覺得。」

「當初你跟隨我和你師父去埃及時，性格雖說不上是沉默寡言，但言詞行動間卻令人難以看透你的想法。現在話卻多了，也常常把笑容掛在臉上。」拉哈伯看著我說：「還記得當初你讓李鴻威產生的幻覺嗎？那時候你心裡根本沒有一絲仁念。」

「會不會是因為我長大了，明白事理，而且又跟你們生活在一起，所以才變得開朗起來？」我摸著下巴說道。

但見拉哈伯搖搖頭，道：「我不知道，但當初撒旦可是一個絕對無情的魔鬼，不然他不會帶領我們反抗至高無上的那位。」

「嗯，也許因為我是他的轉世，力量和血記繼承了，但性格卻有些改變。那個鐵面人不也是撒旦轉世嗎？他的性格可也是跟你形容的撒旦不盡相同。」我說道：「或者，當我能完全控制體內魔氣，變成真正的撒旦又能保持神智清醒時，性格便會回復冷漠陰沉。」

「我也曾考慮過這可能性，但是這麼一來卻解釋不到為甚麼你四年前的性格會跟撒旦一模一樣。」拉哈伯頓了一頓，道：「這四年間，一定有某些我們不察覺的事情發生了，才令你性格產生變化。」

我閉上眼思索一會後，道：「嗯，下次再見到孔明時，讓我去問一問他吧。」

「下一次？你可要先找到『地獄』啊。」拉哈伯白了我一眼。

「對了，孔明口中的『地獄』是甚麼來的？」我忽然想起孔明說過的話。

「他所提及的『地獄』，是一個跟『天堂』相對的靈魂容器。人死後，靈魂便會離肉身而去。靈魂分為正或負，像世人所理解般，正靈魂死後會被『天堂』吸收，而負靈魂則會進入『地獄』。」拉哈伯搖晃著長尾解說。

「那麼這『地獄』又在哪兒？」我問道。

「跟『天堂』一樣，除了確定是一個靈魂容器外，眾人對它的形狀外貌位置等都一無所知。」拉哈伯忽然頓了一頓，然後神秘的說道：「除了一個人。」

「誰？孔明？」我問道。

「不，不是他，」拉哈伯頓了頓，道：「是撒旦。」

「撒旦？他怎會知道？」我奇道。

「這一點我就不清楚了，不過他曾跟我說過，『鏡花之瞳』最厲害的招式『地獄』，就是他看過本體後所領悟出來。孔明說你要先找到『地獄』，或許這也是成為完整撒旦的條件之一。」拉哈伯用爪子搔頭說道。

「對了，老貓，說到孔明，為甚麼你會這般憎恨他？」我想起拉哈伯看見孔明的眼神，幽怨懷恨，想來他們之間定有不少瓜葛。

可是，拉哈伯聽到我的問題卻沒立時回答，反而抬過頭來，神色複雜，雙眼散漫的瞧著天幕。我知道拉哈伯定是想起以前和撒旦一起的事，因為他每次回憶往事，神情總是流露出無限的懷念和悲傷。

過了片刻，拉哈伯忽然重重的嘆了一口氣。

「不知不覺，又過了二千年。」拉哈伯將目光重新放在我雙眼上，「小諾，你知道魔界七君的由來嗎？」我聞言搖了搖頭。

一直以來，拉哈伯對七君的事情絕口不提，我知他有其苦衷，所以從來沒有多問。

「當年第一次天使大戰後，以撒旦為首的天使戰敗被驅逐下凡，而且還被天上唯一剝奪永生，所以自此便要吸食慾望維生。可是那時地球人類不多，跟本不足夠供應數以萬計的魔鬼，於是有些魔鬼便開始向其他魔鬼下手。」拉哈伯看著繁星，說：「昔日同伴，為了生存，便將心底最醜陋的劣根性展現出來。那時地球實在混亂之極，除了不停發人類的慾望外，魔鬼們之間的鬥爭也激烈無比。但一個極嚴重問題這時卻漸漸顯現出來：人類能夠生育，所以只要我們不一下子滅了他們整個族群，慾望便能無休止的延續下去。可是我們魔鬼天生體質有異，男性魔鬼能令人類受精，女性魔鬼卻不能受孕，所以根本不能自然繁衍魔鬼。如果繼續自相殺殘，魔鬼一族遲早滅亡！」

「慢著。」我忽然打斷拉哈伯的說話，「妲己不就是生了煙兒嗎？」

「妲己不是天生魔鬼，她本來是頭狐狸，所以能夠生孩子。可是你要知道，煙兒不過是天生魔氣比他人濃厚，卻沒魔瞳，根本不能算是魔鬼。」

「原來如此。」我恍然大悟。

「所以撒旦一察覺到這問題，便立時將所有魔鬼，召到珠穆朗瑪峰。」拉哈伯說道：「當所有魔鬼到達後，他宣佈了一件令人意想不到的事情。」

「甚麼事情？」我急忙追問。

「撒旦說，他會送到場所有魔鬼一百年的能量。」拉哈伯說道。

「一百年的能量！」我驚叫出來。

「對，正正一百年的能量。除了我和另外幾個魔鬼，其他人都以為撒旦瘋了。因為在場少說也有一萬名魔鬼，如果要讓每人增加一百年的壽命，撒旦至少要擁有一百萬年的能量，那根本是件不可能的事。可是撒旦卻一個接一個的讓魔鬼們吸收能量，然後才和他們立下血契。每名吸收了能量的魔鬼，一百年內都不得獵食慾望，否則會即時斃命，身上殘餘能量會全數傳送到撒旦身上。」

拉哈伯說著，雙眼不自覺的流露出難以置信的神色，看來當年的事情直到現在依舊震撼著他。

「但這跟七君有甚麼關係？」我不解的問道。

「幹麼這般性急？」拉哈伯瞪了我一眼，道：「那次聚會散場後，撒旦暗自用傳音入密把其中七人留下，這七人就是後來的七君。」

「這七人之中，其中就有你，孫悟空，薩麥爾和孔明？」

「不錯。」拉哈伯頓了頓，臉上流露出笑意，續道：「撒旦將我們留下後，便跟我們坦白說，其實他根本沒有和那些魔鬼交換條件。」

「甚麼！」我大叫一驚。

「想不到吧？原來他先把能量轉嫁到魔鬼身上，然後才立血契，是因為契約內容只是單純提及百年內不得獵食。撒旦根本沒有送給魔鬼任何能量，那些魔鬼感到周身力量充沛，是因為撒旦用上『鏡花之瞳』，製造幻覺。」拉哈伯眼含笑意的說道：「撒旦一向聲望極高，眾人對他的話信之不疑，又有誰料到，他竟然會以幻覺騙過大家。所有人感覺到自身魔氣提升後，驚訝之餘，便再沒心思去留意血契中的漏洞。」

我笑道：「厲害厲害！如此一來，地球便平靜地度過一個世紀。」

拉哈伯點點頭：「對，不過撒旦知道，一百年過後，世界又會再次陷入混亂，所以他便讓魔鬼中除他以外最厲害的七人，分別看管當時世上七個人類文明，以免魔鬼過度獵殺致人類絕種。那七個人，就是以薩麥爾為首的魔界七君。」

「原來如此，但為甚麼撒旦不親自保護？」我問道。

「那時，我也有這個疑問。撒旦說，因為他有一個難題想不通，所以即將要閉關苦思。」拉哈伯說道。

「竟然有難題連撒旦都想不通……究竟是甚麼問題？」我問道。

「他沒跟我們說明，只是說，如果他想通了，所有事情便會結束。」

「結束？這是甚麼意思？」

「我不知道。」拉哈伯搖搖頭。

撒旦口中的「結束」，究竟意指甚麼？會不會就是世界末日？

我默言的思索了一會，還是不得要領，於是搖頭說：「你繼續說下去吧。」

「不要瞎猜了，我們七個也猜不到的話，你這毛頭小子也不會想得出甚麼來。」拉哈伯瞪了我一眼，續道：「不出撒旦所料，一百年過去後，魔鬼們又再次四出獵食。不過他們也明白到人類死光的話，魔鬼一族也氣數將盡，所以出手有了分寸。這樣的狀況一直維持到約二千年前……」

「二千年前？一直到第二次天使大戰？」我問道。

「對，二千年前，當世界各地還在充滿鬥爭時，耶穌忽然毫無先兆的領軍下凡，殺了我們一個措手不及。幸好撒旦及時出關現身，帶領我們對抗天使軍。」拉哈伯憶述道：「就像我之前說過，因為雙方實力相近，所以這一戰，兩軍也傷亡慘重。到最後，撒旦更加不幸被殺……」

說到這裡，拉哈伯聲音再次透露出淡淡的悲傷。

此時，我靈光一閃，明白到拉哈伯對孔明的憎恨，或者跟撒旦的死有關。因為一直以來，唯有這件事，拉哈伯才會露出恨意。

「拉哈伯，撒旦的死，是不是跟孔明有關？」我試探性的問道。

「小諾，你知道嗎？我跟孔明和另一七君，從給創造以來就是好朋友。由於我們三人本來的樣貌怪異，所以其他天使都跟我們保持一定距離，不太熟稔。不過，撒旦是唯一一個對我們沒有成見的天使。撒旦待我們就像兄弟般，甚是親熱。加上撒旦天生過人的魅力和氣度，我們三人都為之心折。」拉哈伯沒有立時回答我的問題，而是閉上雙眼，聲音變得異常沉重的道：「我們跟撒旦一同協助天唯上創世，及後又一起被指派去守護伊甸園，所以我們的關係跟撒旦特別親密。後來群魔下凡，我們三人曾經立誓，要永遠保護撒旦。但那一天，我永遠不會忘記那一天……」

「你說的那一天是？」我低聲問道。

「撒旦被殺的那一天。」

拉哈伯睜開眼睛，深沉無比的恨意表露無遺，道：「那一天，就是人類所知道，耶穌復活的日子。其實那時已到了大戰尾聲，撒旦和耶穌兩人有感兩軍皆傷亡慘重，便決定來一個單獨對決。」

「單獨對決？」我大感詫異，問道：「怎麼你從來都沒跟我提及過？」

「因為撒旦去到對決場地時，發覺等待他的，不是耶穌，不是天使軍，而是一群魔鬼！」拉哈伯痛心疾首的說道：「當時伴隨而去的七君只有我、孔明、薩麥爾和羅佛寇。當我們到了約定之地，發現周遭佈滿魔鬼時，才驚覺那是一個陷阱！一個，孔明他們三個所設下的陷阱！」

第十七章——二千年前

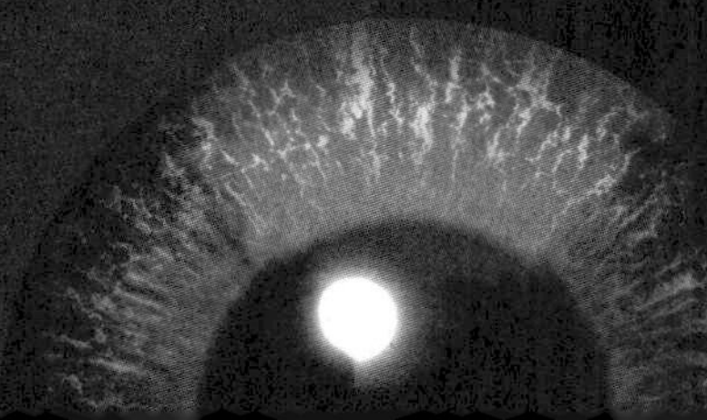

第十七章 二千年前

「我們一行五人依照約定，來到耶路撒冷外的一個山坡，卻完全看不到天使軍或耶穌的蹤影。正當撒旦感到疑惑之際，山坡的四方八面，忽然發出大量魔氣。」拉哈伯閉上眼睛，聲音微顫，彷彿重歷其境，「當我們驚覺勢色不對時，已然太遲。我們環顧四周，只見山坡處處，密密麻麻的佈滿人頭，卻全都是魔鬼。這時，薩麥爾三人乘撒旦分心，突然發難，齊齊喚出魔瞳，向他突襲！」

我「啊」的一聲叫了出來，急忙問道：「他們有沒有傷害到撒旦？」

「本來撒旦反應神速，在發覺周遭佈滿伏兵的瞬間，已使用『鏡花之瞳』令所有人產生錯覺，以為他還站在原本的位置。雖然這使薩麥爾和羅佛寇的攻擊全都撲空，可是……」只見拉哈伯抬起頭，語帶恨意的道：「孔明那傢伙！因為事先利用『先見之瞳』預測未來，得悉撒旦真正位置，所以能不偏不移地擊中他的要害！」

「這怎麼可能……撒旦會如此容易被人擊中嗎？」我一臉難以置信。

「一切事情皆在剎那間發生，孔明處心積慮，殺撒旦一個措手不及，所以撒旦才會中招。」拉哈伯看了我一眼後，嘆息道：「撒旦看著孔明，其錯愕萬分的失望樣子，就跟現在的你差不多。薩麥爾他們眼見一擊不中，立時抽身後退，好讓數百魔鬼一湧而上。」

「那你們……有反抗嗎？」我問道。

「撒旦和我豈是束手就擒之輩？就算同是魔鬼，但他們既然倒戈相向，我們也只好出手。」拉哈伯頓了一頓，續道：「可是，我倆才擊斃數名魔，便發現他們原來並非真心背叛，而是被羅佛寇的『傀儡之瞳』操縱著。如此一來，撒旦和我也不忍心狠下殺手，只是攻擊他們要害，讓他們失去戰鬥力。」

「羅佛寇的魔瞳有那麼厲害嗎？竟能同時控制過百魔鬼！」我奇道。

魔鬼的精神力一般堅韌非常，控制數百名人類不是難事，可是要操縱過百名魔鬼，便需要很強大的魔力和極其堅牢的意志力。

「光是羅佛寇一個，當然不能對數百魔鬼同時施展『傀儡之瞳』，但有了薩麥爾的幫助，問題便迎刃而解。」拉哈伯說道。

我疑惑地看著拉哈伯，只聽得他問道：「你曾見過薩麥爾，知道他擁有兩顆魔瞳吧？」

看到我點點頭，他便續道：「薩麥爾的魔瞳，左『縛靈』右『釋魂』，是一對相輔相成的魔瞳。『縛靈之瞳』，意思是束縛靈魂的魔瞳，而『釋魂之瞳』則是用來釋放靈魂。」

「我不明白，何謂束縛和釋放靈魂？」我不解的問道。

「每個人都擁有靈魂。靈魂，就是我們的神智、思想、情緒等等。沒了靈魂，人就只會變成沒有自身思想的空殼。」拉哈伯碧綠得閃亮的眼睛看著我，「而薩麥爾，則擁有將人的靈魂封鎖起來，或者把人心底裡的思想慾望釋放出來的魔瞳能力。」

「原來如此，所以只要讓薩麥爾束縛魔鬼的靈魂，羅佛寇要同時操縱數百名魔鬼，便易如反掌。」我恍然大悟。

「不錯。這道理撒旦亦很快明白：只要擊敗薩麥爾，挖掉他的『縛靈之瞳』，就能使眾魔回復意識，那時他們便不會再受羅佛寇的操縱。想通此節，我和撒旦便立時齊攻向薩麥爾。雖然山坡擠滿群魔，薩麥爾又倚仗鬼魅般的身法，左穿右插，使我們一時間難以將他擒住，」拉哈伯頓了頓，忽然臉現傲色，道：「不過，撒旦實力登峰造極，雖然平常速度不及薩麥爾，但催動魔氣下，身法漸漸加快，後來強風刮起，四周變得漆黑一片，黯淡無光，卻是撒旦魔氣達到極致，周遭都佈滿了他的殘影。當光明再現之時，撒旦已立於山坡之頂，一手緊扼薩麥爾的脖頸，另一手，則捧住一顆血淋淋的眼球。我見狀大喜，看見薩麥爾的左眼窩果然空空如也，血流如注，魔鬼們也靜止不動。」

拉哈伯說罷，身體忽然一震，默言不語。

良久，我按捺不住心中好奇，輕聲問道：「接著如何？」

拉哈伯忽然大吼一聲，道：「誰知道！誰知道，那時撒旦已經氣絕身亡！」

說罷，臉上竟然劃下兩道淚痕。

「氣……氣絕身亡？」我急忙問道：「發生了甚麼事？你們不是挖下了薩麥爾的『縛靈之瞳』嗎？」

雖然我早知撒旦最後戰敗身亡，但此時卻完全猜不透其中關鍵。

只見拉哈伯嗚咽道：「那時，我和撒旦都以為已制住薩麥爾，怎料，薩麥爾早料到會被撒旦制伏，在出發之前，竟先將一對魔瞳位置對調！」

「你意思是，撒旦挖出來的是『釋魂之瞳』，而不是『縛靈之瞳』？」我訝異的問道。

「不單如此，他還在被擒的瞬間，將一直貼身收藏的『明鏡』戴上！當時撒旦以為已制伏了他，怎料薩麥爾有此一著！撒旦本身已被孔明所傷，加上那時薩麥爾有『明鏡』之利，不怕撒旦施展『地獄』絕技。」拉哈伯一臉痛苦的說道：「所以當二人目光對視時，撒旦本想施展到薩麥爾身上的幻覺立時反噬自身，而薩麥爾那廝，也乘虛而入，利用『縛靈之瞳』將撒旦的靈魂牢牢鎖住。」

「神器『明鏡』！難道撒旦不知他藏有神器嗎？」我萬分詫異。

但見拉哈伯搖頭說道：「薩爾麥的『明鏡』在下凡前本已經弄失，我們不知他何時尋回，但顯然他早有預謀要剷除撒旦，不然不會私藏不報。直到最後，當薩麥爾把撒旦的心挖出來後瘋狂大笑，我才驚覺，撒旦已被他殺死了。」拉哈伯說罷，復又淚下如雨。

我默言不語。

萬萬想不到，一代魔皇，最後竟是死於自己最親密的同伴手上！

「薩麥爾何故要殺死撒旦？」我問道。

「為名？為利？我至今也不知道。」拉哈伯仰首觀天，道：「薩麥爾素來心高氣傲，平常總是沉默寡言，冰冷如霜。他是七君之中，實力最接近撒旦的人，或許，他不甘屈於撒旦之下，所以才處心積慮，把他殺了。可是，他沒有撒旦的魅力和氣度，就算殺了撒旦，他也不能取而代之。」

「這戰之後，你便和他們反目成仇？」我想了想問道。

拉哈伯點點頭，道：「不錯。薩麥爾解決了撒旦後，本想斬草除根，將我殺死，但這時孔明卻忽然出手，偷偷用他的奇門遁甲之術，掩護我離開。」

「這下可奇，孔明不是和你敵對嗎？何以又會出手相助？」我皺眉苦思。

「可能他不過想殺死撒旦，而對於我這從小到大的玩伴，還有一點點不忍心吧。」拉哈伯神色鄙視的道：「不過，就算他把我救了出來，依然難消我心中恨意！那傢伙帶我逃到僻靜安全的地方，只說了三句話便離開了。」

「哪三句說話？」我好奇問道。

「『對不起。』，『我答應，會為你解答三條問題。』，『保重，拉哈伯。』。」拉哈伯漠然道。

「拉哈伯……」被自己最親密的同伴背叛，我想拉哈伯當時定必傷心欲絕。

正當我不知如何出言安慰時，拉哈伯忽然冷笑一聲，道：「嘿，但那傢伙也必不好過。」

「此話何解？」我問道。

拉哈伯沒有立時回答，反問：「你曾和悟空一戰，應該大概知道他的實力吧？」

「沒錯。」我點點頭。

「那麼，孔明和孫悟空的相較起來又如何？」

「孔明的魔氣，明顯比孫悟空略勝一籌。」我不用細想便可答話。

「這就是了。你還記得孔明用以裹眼的黑布嗎？」拉哈伯又問道。

我點頭示意記得，道：「起初我得知他有預知之能，可是卻絲毫感受不到他身上有魔鬼氣息，還以為他另有絕技。誰知當他將黑布揭起，澎湃的魔氣便洶湧而出。看來，那黑包有封絕魔氣之用。」

「其實，那條黑布是十二神器之一，名曰『墨綾』，也是當初封印耶穌的布條，亦即是後世人所說『裹屍布』。」拉哈伯淡然說道。

「又是神器！」我聞言一愕，追問道：「這『墨綾』有甚麼功用？」

「『墨綾』，其色如濃墨，輕薄如蟬翼，而且韌性非凡，除了十二神器，其他武器絕難動它分毫。『墨綾』主要功用就是封印，因為它的質地奇特，可以按使用者心意，阻隔世間上任何物質。」

拉哈伯解釋道：「不論是有形的流水還是無形的魔氣亦可。而且有一句說話，『解綾還需繫綾人』，就是指一旦有人把『墨綾』繫結起來，就只有同一人才能將結子解開，所以『墨綾』是其中一具可攻可守的神器。」

「既是如此，為甚麼孔明需要用『墨綾』包起雙眼？」我不解的問道。

「其實孔明的魔力，本是七君之中最弱一個。但依剛才所見，他魔氣竟然比排名第四的老孫還要強！可見這二千年來他定必日夜勤修苦練。」拉哈伯說罷，忽然幸災樂禍的笑道：「可惜，他看來因為操之過急，導致走火入魔了，要利用『墨綾』去阻隔魔氣，防止『先見之瞳』失控。」

「走火入魔？連七君也會走火入魔嗎？」我笑問。

拉哈伯白了我一眼，道：「當然會，七君說到底也是魔鬼。」

魔鬼的修行大同小異，無不是以吸收魔氣，然後提煉其精純度為主。

不過，假若魔鬼體內魔氣過盛，而其魔瞳又不能駕馭妥當，那麼他體內魔氣就會強制透過魔瞳向外宣洩。

到那時候，他的魔瞳便長期醒覺，永遠不能關上，直至體內魔氣耗盡為止。

這就是所謂的「走火入魔」。

魔鬼的魔氣一盡，就是面對『天劫』之時，難怪孔明要利用『墨綾』將魔瞳封住。

這時，我忽然想起拉哈伯說，『墨綾』便是包裹耶穌的裹屍布，連忙問道：「對了，拉哈伯，那耶穌又因何受傷？撒旦死了，天下間還有人能傷得到他嗎？」

正當拉哈伯要答話之際，忽然，飛機一陣顛簸，看來是遇上氣流。

我被震得搖來晃去，連忙反手抓緊機身，同時間，卻聽到一道呼叫聲從前方傳來。

子誠！

我立時想起他還在進行「倒立步行」的特訓，迅即打開「鏡花之瞳」，用快絕的身法直奔機頭。

來到機頭，強風大得使我幾乎睜不開眼睛。我左顧右盼，卻看不到子誠的蹤影。

當我擔心他被拋下飛機時，眼前忽然黑影一幌，卻是拉哈伯從我懷中竄了出來。

「他在這兒！」只見拉哈伯細小的身軀在空半翻騰，一躍來到機身側面。

我順勢看去，果見一道黑影拼命抓住窗戶，險象環生，正是子誠。

「子誠，抓緊！」我運氣大叫。

藉助旋轉力，拉哈伯著地時四爪輕易沒入機身鐵殼中。

拉哈伯一步一步，不徐不疾的走近子誠。來到他頂頭位置時，拉哈伯側過身，將長長貓尾伸到子誠面前。

子誠見狀，雙手慢慢的從窗框轉為抓緊拉哈伯的尾巴。

待子誠雙手抓緊後，拉哈伯大喝一下：「小心！」尾巴立時應聲勁甩過頭，把子誠拋向高空。

我抬頭看準位置，雙腳一蹬，身子隨即拔地而起，躍到高高半空，伸過手來把子誠接住。

「真是千鈞一髮。」在我懷中的子誠一臉蒼白的說。

「嘿，你還要多加訓練呢！」我笑道，安全著地。

「小諾，你讓他先休息一會兒吧。」拉哈伯不知何時已回到我們身邊。

我放下子誠，跟他說：「那麼你就先回機艙吧。」

誰知子誠卻搖搖頭，道：「不，我要繼續訓練。」

「小子，勤力是好，但操之過急可不妥當。」拉哈伯冷冷的說道，看來是想起孔明走火入魔的事。

「撒旦教人多勢眾，我不想到關鍵時刻，不但幫不到忙，還反成了你們的負累。」子誠說到這時，忽咬牙切齒，「而且，你們說那李鴻威實力難測，我為了能親手替若濡報仇，一定要短時間內提升力量！」

正當我想繼續勸導他時，拉哈伯忽然說道：「子誠，我有一個方法，能短時間內讓你的精神力大幅提升。」

「甚麼方法？」子誠眼前一亮。

拉哈伯轉過頭來看著我，陰側側的笑道：「就是到『地獄』參觀一下。」

魔鬼的實力，主要取決於身體的靈活度、精神力的強弱以及魔氣的質量。

如果沒有優異的體格，面對其他魔鬼時不用魔瞳對決便會給別人打得倒地不起；假若真的要利用魔瞳決一高下，精神意志較強的一方自然便會獲勝。

至於魔氣，則擁有提升上述兩項的功效，精純度越高，效果便會越顯著；數量越多，維持的時間便越長久。

所以體術、精神力和魔氣，三者缺一不可。

關西國際機場建於一人造島上，機場二十四小時開放，所以往來的飛機此起彼落。

當飛機到達機場時，太陽早已高懸於頂。

我們下機的時候，子誠才剛好完成了第四層「地獄」——「飲銅」的訓練。

先前拉哈伯所說的精神特訓，就是要我利用「鏡花之瞳」施展「地獄」，讓子誠從第一層開始經歷。

如果能置身其中又無動於衷，便可接受高一層的修煉，如此類推。

「天啊，那感覺真的真實無比！當滾燙的銅漿灌進我口中時，那種從體內器官盡皆炙熟的感覺實是苦不堪言！」子誠一邊喝著冰水一邊拭乾臉上的汗水說道。

我笑道：「待會兒乘車時，你還要多喝那些銅漿一遍啊。」子誠聽後立時臉現懼色。

一直沒作聲的拉哈伯問道：「子誠，你去過那孤兒院嗎？」

子誠把冰水一口氣喝得點滴不留後，點頭說道：「我們婚後曾來日本探訪那兒一次。」說罷，用手點了點牆上的火車圖表，道：「那孤兒院的位置，就在這裡。京都郊區的一個莊園。」

這時，我注意到平常話兒甚多的煙兒一聲不響，獨自站在一旁發呆。

「煙兒，怎麼了？」我笑著拍拍她的肩問道。

煙兒搖搖頭，強打精神笑道：「只是乘飛機太久，有點累而已。」

煙兒話雖如此，但我知道其實她是擔心妲己的安危。

「是嗎？那我們先休息一下再出發吧。」子誠提議。

煙兒立時揮手急道：「不，我們還是趕快啟程，我媽的性命迫在眉睫！」

「那就出發吧。」我伸手一張，正是三張車票前往京都的車票。

第十八章——天駕強敵

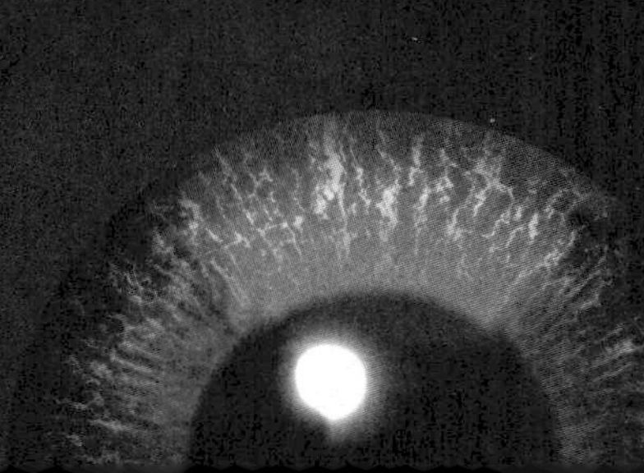

第十八章　天駕強敵

火車流星似的高速行駛，使窗外景物快如輪轉，以肉眼難辨的速度不停替換。車上乘客不多，四周恬靜無比，彌漫一片濃厚睡意。

坐在我對面的拉哈伯伏在椅子上，安靜地曲身而睡。

旁邊煙兒雖然垂首閉目，可是我聽得出她呼吸散亂，顯然還沒進入夢鄉。

這時，窗外風景忽然一變，卻是進入了京都人煙較少的地區。

還有半個小時才到達目的地，幸好子誠已經克服了第四層地獄「飲銅」的恐懼，精神力再次提升。

「噓，終於能喝沸銅漿而心如止水了。」完成訓練的子誠神色自若，鬆一口氣。

「感覺還好吧？」我笑問。

「嗯，回到現實世界後，彷彿世上已沒有再令我感到恐懼的事情，不過這樣一來，頓時覺得自己很恐怖，不像常人。」子誠搔搔頭，不好意思的笑道。

「嘿，才不過第四層，『地獄』可是一層比一層恐怖呢。」我不懷好意的道：「怎樣，還有半小時才下車，你還想繼續修煉，挑戰第五層嗎？」

子誠聽後眉頭一皺，問道：「第五層『地獄』是甚麼來的？」

「第五層地獄，『剪刀』，其實也沒甚麼特別，只不過你會被剪刀剪得支離破碎而已。」我笑道。

「剪刀……會很痛嗎？」子誠的眉鎖得更深。

「試一試，不就一清二楚麼？」我笑得更燦爛。

子誠閉眼思索了好一會兒後，終於點頭說道：「來吧！」

「早知道你不會放棄。」我笑道，伸掌拍了拍子誠的「啞穴」，以防他待會呼天搶地。

我單閉左眼，暗暗運功將魔氣凝聚於「鏡花之瞳」中，片刻過後，魔瞳忽然劇震不已。

我立時睜開眼來，讓邪氣十足的「鏡花之瞳」，瞪視子誠。

一股魔氣頓時從我的魔瞳席捲至子誠思想之中，只見他雙眼睜得老大，瞳孔卻忽然縮小，把魔氣盡數吸收。

世界在子誠眼中立時改頭換面，原本光潔明亮的車廂，一下子變成了血染之地，周遭遍佈赤色的人骨頭顱。

子誠曾進入過首四層『地獄』，所以對這地方甚是熟悉，神色自若如常。

「預備好嗎？」我問道。子誠瞪大眼點點頭。

我打了一個響指後，地面開始傳來一陣沉重的悸動。

突然間，數以百個鬼人，從骷髏堆中探頭而出。

鬼人沒有耳鼻，臉上只有一隻比嘴巴還要寬闊的巨眼。

鬼人們眼神空洞的注視了子誠一會兒後，便開始七手八腳的撥開骷髏頭，緩慢地爬到地上。

當他們走到動彈不得的子誠身邊時，鬼人們忽然張口吐舌。

子誠起初一臉不解，可是當他發現鬼人口中舌頭，全是鏽跡斑斑的剪刀時，臉色突然變得蒼白無比！

看到子誠表情轉變，鬼人們立時蜂擁而上，全都張開口來用「舌頭」將子誠的肉，一片一片的剪下來！

子誠張口欲喊不得，眼神流露無盡苦楚。

「希望你不會從此變得懼怕剪刀吧。」我愉快的笑道，但見子誠慢慢被鬼人淹沒，只是偶爾有些血水或碎肉從鬼人堆中濺射出來。

我緩緩的吐出一口濁氣，閉上「鏡花之瞳」。

把思緒拉回現實世界中後，我發現煙兒已然醒來，正以手支頤，看著風景發呆。

這小妮子自從在佛羅倫斯得知妲己身在日本後，一直神不守舍，失魂落魄。

無論我怎樣逗她，她也只是強顏歡色。

「煙兒……煙兒……煙兒！」我輕喚她的名字數次後，煙兒才聽得到。

「怎麼了？」煙兒勉強笑道。

「大哥哥想到前面走走，你來陪我吧。」我站起來舒展筋骨。

本以為煙兒不會拒絕，誰知她竟搖頭說：「煙兒不去了，大哥哥你自己去吧。」

「為甚麼？坐了那麼久難道你不累嗎？」我皺起眉頭問道。

煙兒苦笑一下，道：「我還可以。」

我佯怒沉聲道：「你一定要跟我來！」說罷便把一手把她拉起來，走出這卡車廂。

煙兒從未見過我發怒，所以嚇得不敢作聲，只默默的任我牽著她手而行。

我沉下臉來，一言不發地把帶她到一卡比較少人的車廂內。

耳聽廂中乘客都入睡，我立即伸手打開頂頭的通風窗，迅速把煙兒抱住後一縷煙般跳上車頂。

火車頂上，大風不息，將煙兒一頭長髮吹得飄揚不定。

這時我跟煙兒居高臨下，對田園景色可謂一覽無遺，但此時此刻，我倆都沒有閒情欣賞。

「煙兒，過來。」我招手示意她跟我相對而坐。

「大哥哥，我們上來幹麼？」煙兒怯怯的問道，顯然還在害怕我剛才的一反常態。

「不要害怕，剛才我是故裝羞怒的，不然怎能騙你上來？」我笑罷，忽然握住她雙手，語氣誠懇的道：「煙兒，我知你因擔心媽媽，心情低落，但大哥哥向你保證，我會把你媽搶回來。」

煙兒聽罷，垂下頭來平淡的道：「謝謝大哥哥。」

「怎麼樣，難道你不相信大哥哥嗎？」我奇道。

「沒有啊。」煙兒輕輕縮回雙手。

「我好歹也是地獄之皇，答應過的事一定會辦到。」我皺起眉頭說道。

煙兒欲言又止，忽然別過頭去，低聲嗚咽。

正當我想說下去時，我的臉頰忽然一涼。

我伸手摸了一下，發現有數點水珠在散落我臉上，卻是煙兒的淚珠隨風飄來。

我再看煙兒的時候，她已經在掩臉啜泣。

「你不要哭吧，哥哥答應你的必定會做到。」我柔聲安慰。

不知何故，聽著煙兒的哭泣聲，我內心竟輕輕的傳來一陣抽痛。

這時，煙兒忽抬起頭，雙眼通紅，梨花帶雨的哭道：「你騙人！你說過在意大利時會救回媽媽，怎料最後甚麼也做不到！」

說罷，竟伏在我的懷中一邊搥打我胸口，一邊放聲痛哭。

聽到她的指責，我登時語塞。

雖然在意大利找不到妲己並非我的錯失，但我的確未能信守承諾，把妲己從撒旦教手中搶回來。

我理解煙兒的心情，一直抑壓到現在才可以宣洩出來，一定難受得很，所以也沒有阻止她，任憑她哭鬧發洩。

「堂堂地獄之皇，說過的話竟不兌現。還說自已是甚麼撒旦，媽媽現在被薩麥爾抓住了，你連薩麥爾也勝不了，怎樣去救？」煙兒抓緊我的衣領，聲淚俱下。

我忽然一把捉住煙兒的手，張口在她的食指指頭咬破一個小缺口。

「啊！很痛！大哥哥你在幹麼？」煙兒大吃一驚，連忙把手抽回，卻見指頭有一小傷口正在流血。

我把血吞下後，擦擦嘴角笑道：「煙兒，我已吞下你的血了，我們來立血契吧。」

「立血契？為甚麼要無故立契？」煙兒驚訝得張大了口，一時間也忘了眼眶的淚水。

「一星期，一星期內假若我仍然不能救出你媽媽，我便走火入魔而死。」我語氣堅定，眼神誠懇的說。

「大哥哥你傻了嗎！我不要立甚麼血契。」煙兒急道。

我凝視著她，道：「不，之前我的確失信於你，這次我不會再騙你了。你快點說『我願意』吧！」

「不，我不願意！我知道這根本跟你沒關係，是那些人把媽媽藏在日本，這不是你的意思，我不要立甚麼血契！」煙兒高聲喊道。

「可是你卻在生我的氣啊！」我說道。

「沒有……煙兒根本不是真的在惱你。」煙兒說道，聲音已變得柔軟起來。

我一臉真誠的看著她，道：「煙兒，你真的不再氣我嗎？」

「我根本從頭到尾都沒有生氣，剛才我只不過是心情太差才會無故發脾氣。煙兒知道大哥哥已盡了全力救我媽媽。」煙兒低下頭輕聲道。

我聽得她言語間以沒有怒意，立時放下心頭大石。

我摸摸她的頭，柔聲問道：「把鬱悶哭了出來，感覺好了點嗎？」

「嗯，好多了。」煙兒抬起頭來，平常的笑容終於重掛臉上。

我誇張的呼了口氣，道：「噓！你知道嗎，這兩天你一直愁眉苦臉，害我多擔心呢。」

「哈，大哥哥對煙兒好像很緊張啊。嘻嘻，難不成大哥哥對煙兒動了真情？」煙兒神色狡猾的笑道，看來真對妲己的事暫時忘懷。

我微微一笑，沒有回話。

我不確定自己是不是對煙兒有特別感覺，總之沒有反感就是了。

「煙兒，雖然我未必能夠勝過薩麥爾，但你不要忘記，我們還有拉哈伯！他的實力不過是稍遜於薩麥爾，加上我們現在有『靈簫』在手，所以也不能說沒有勝算。」我把話題輕輕帶過。

「對了，如果你們能救出我媽媽的話，加上她的實力，我相信絕對能跟撒旦教的人決一高下。」說罷，煙兒忽然嬌嗔道：「哼，不過剛才我被你惹哭了，可不能就此作罷。」

「好吧，大哥哥答應會為你作兩件事情，只要我能力範圍內能做到的，我無論如何都會替你辦妥。」我笑著道。

「真的嗎？你是撒旦大魔皇，一言既出，駟馬難追啊。」煙兒不知何故，聽後忽然喜形於色。

我點頭笑道：「對，兩件事，不能多，也不會少。」

「嗯，讓我想想。」煙兒把食指放在嘴唇上，側頭細想，模樣可愛。

我笑道：「這種事情還是慢慢再說吧。」

「不行，我心情不好，定要你幹些甚麼來令我高興。」煙兒想了片刻，忽然眼神一亮，拍手笑道：「對了，我聽媽媽說過，撒旦曾在二次天戰中用樂器，喚來無數彩鳥將太陽遮蓋，那支曲好像叫『鳳凰蔽日』。我想，那樂器說不定就是『靈簫』。」

「『鳳凰蔽日』？撒旦何故要把太陽遮掩住？」我奇道。

「撒旦當時沒有明言，但媽媽她猜想天使軍沒了太陽照耀，力量便會變弱，因為當百鳥把戰場蓋得密不透風後，天使軍一下子虛弱了許多似的，任由撒旦屠殺。」煙兒回憶起她媽媽說過的話。

「天使沒了陽光會變弱嗎？」這一點我從未聽拉哈伯提及過，或者待會兒下去後我應該問問他。

我先擱下疑問，朝煙兒笑道：「但現在沒有天使，為甚麼要喚來百鳥？況且我亦不懂奏簫。」

「煙兒很想看看那上百彩鳥交織一起的奇景啊，一定會很迷人！」煙兒邊說邊將「靈簫」從懷中拿出來，笑道：「而且這『靈簫』雖然效用奇妙，但操作卻甚是容易。」

「嗯？我見它可是密密麻麻的刻有很多小洞。」我奇道，同時伸手接過「靈簫」，一股陰寒之氣立時從我掌心襲來。

「我從來未見過此簫，當初在撒旦教基地也不過是抱著貪玩的心情去吹奏。怎料簫子一放到嘴邊，手指便神奇的隨心意走，曲子自然而然地奏起，所以哥哥你就別再推辭了。」煙兒笑道。

「傻丫頭！好吧，我就試奏一下。但你得先用手帕塞住耳朵，以防我走調會令你受傷。」我認真的道。

煙兒聽得我答應，喜出望外，立時依言塞好耳朵，不讓半點聲音流入。

事實上，我也想嘗試使用這『靈簫』，畢竟它是十二神器之一，假若能夠熟練運用，將來對敵時必定如虎添翼。

我閉上雙眼，收攝心神，腦中默默想像百鳥蔽日的情況，很快便已心如止水，達神靈澄明之境。

我伸手輕撫「靈簫」，漸覺心神慢慢與它合二為一。

簫口放在唇上，寒氣使我神智一清。

正當我要撮唇吐氣時，忽然，一種奇異感覺打斷我的思潮。

是危險的味道。

我立時睜開眼睛。

一道黑影從天而降，直墮到我們原本所在的車廂！

轟！

異常的巨力洶湧而至，只見前方揚起滔天塵海，卻是火車被暴力強行一分為二！

我耳聽得原來的車廂傳來打鬥聲，馬上站起來想跑到前方察看，忽然，有一股凜凜殺氣從火車斷口散發出來。

「難道又是另一個七君？」我心下暗自警戒，因為從殺氣的強度看來，敵人絕對是個厲害人物，可是這股殺氣中，卻又沒有半點魔氣。

只有，單純的殺氣。

一道黑影，從煙霧彌漫間慢慢走出來。

「煙兒，小心！」我大聲喊道，因為來者每走近一步，殺氣便多增數分。

但見前方，有一名身穿黑色日本武士服的彪形大漢，閉上雙眼，穩如泰山的站在我二十步前。大漢臉上神色剛毅無比，一頭鐵線似的長髮隨意束起，雙手輕輕地分放在腰間左右的武士刀上。

一左一右，一長一短。

「是人？是魔？」」我沉聲問道，同時打開「鏡花之瞳」，利用魔氣和他的殺氣抗衡。

「是人也是魔。」大漢雙目依然緊閉，聲線鏗然刺耳。

「何故在此？」我問道，右手握緊『靈簫』。

「殺魔。」大漢身上的殺氣忽然熾熱起來。

「名字？」我皺眉問道。

「宮本，武藏。」大漢忽然睜開雙睛，精光暴現。

瞳色，卻是右棕左紅！

第十九章

殲魔協會

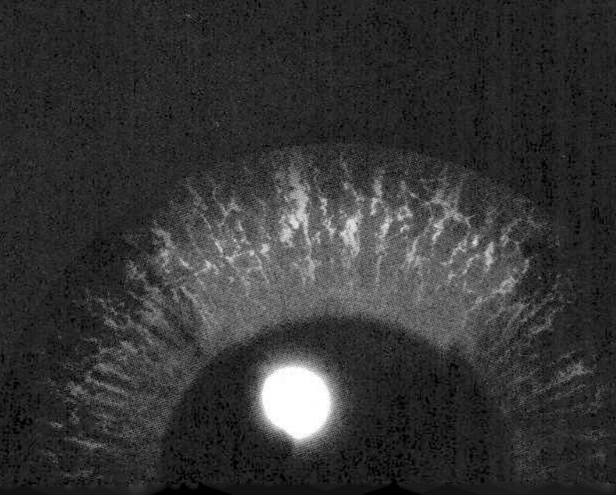

第十九章　殲魔協會

火車早已因劇震停下，不少工作人員和乘客好奇探頭察看，卻全被那誇張的斷口嚇得目瞪口呆，不敢上來干涉。

「嘿，想不到竟會在火車頂上，遇到鼎鼎大名的東瀛劍豪。」我輕鬆笑道，卻暗自戒備，以防他突然出手。

「區區虛名，不足掛齒。」宮本武藏平靜的說，絲毫沒有驕傲之色。

「雖然你的氣息沒有半點妖邪，但你左眼瞳色如血，不問而知就是魔瞳。為甚麼要平白無故的想殺掉我呢？你自己也是魔鬼啊。」我笑道。

「恕難奉告。」宮本武藏左腳忽然踏前，雙手分握右邊小太刀的劍柄和劍鞘。

「喔？你只用短刀？」我笑問。

「一柄短刀，綽綽有餘。」宮本武藏閉上雙眼，渾身殺氣忽然收斂起來。

只見他站立原地，如淵停嶽峙般氣勢凌人。

我心裡明白他不雙刀齊使，是不願佔便宜，可是他武功的威力變化定必因此大打折扣，這樣我倒是求之不得。

師父雖然擅使各種兵器，但他最喜愛的兵刃，卻是一柄匕首，平常和我實戰對打，都是使用小巧騰挪的刀法劍法，所以我和短兵器對戰的經驗頗為豐富。

我緊握「靈簫」，默默在心裡快速回憶師父教過的「三字訣」。

「武學之道，只需三字，快，狠，毒！」

師父笑道，快速舞動匕首，氣勁把周遭黃沙帶動起來。

「師父，說詳細一點吧。」還年輕的我瞇眼抱怨道，「怎說我也從來沒有學過武功。」

師父哈哈大笑，拍拍我的頭道：「出招要快，力道要狠，下點要毒！這就是致勝之訣。」

說罷，風沙忽止，只見眼前一幌，匕首不知何時已然輕輕刺中我的額頭。

一道鮮血緩緩流下來，劃過我目瞪口呆的年輕面孔。

「快，狠，毒。」我收攝心神，摸摸額頭，喃喃自語。

「廢話少說，動手吧。」宮本武藏依舊如山般靜立，紋風不動。

「看招！」我輕輕吐氣，俯身急縱，手中銅簫以迅雷不及掩耳的手法刺出！

宮本武藏向前踏一大步，小太刀鬼魅般出鞘！

甫一交手。

一記響聲久久不止，卻是由無數連綿快絕的刀簫交擊聲組合而成！

噹！

我倆出手皆飛快如電，四周漸漸刮起一陣狂風。

火車頂上，只見刀光簫影，此起彼落。

良久，撞擊聲忽止，人影兩分，我和宮本武藏已躍回原來的位置。

「果然厲害，難怪要在下親自出馬。」只見宮本武藏雙眼依然緊閉，武士服的心臟位置卻穿了一個小洞。

「嘿，究竟是誰要殺我？撒旦教？」我輕輕拭擦臉頰上修長的血痕，心裡暗暗慶幸他的刀子不是銀製。

「哼，不要將在下和那種東西混為一談。」宮本武藏殺氣忽然暴增，聲音依然沉重的道：「如果你死不了的話，在下定必坦誠相告！」

語畢，宮本武藏忽然以高於方才數倍的身法閃身而至，小太刀狂風暴雨般朝我猛砍！

雖然他甫動身我便已立時戒備，舞動「靈簫」擋住攻勢，可是宮本武藏的速度一直遞增，我登時左支右絀，片刻間，周身已被割傷不少創痕。

雖然在魔氣鼓動下，傷口皆復原神速，但長此下去我定會因魔力大減而落敗。

我奮力支撐，心裡暗暗叫苦，雖然此般猛攻使宮本武藏的身法露出不少缺點，可是他的刀實在太快，使我緩不出手來反擊。

「他媽的！」我忍不住罵了一聲，怎料這般氣息稍滯，宮本武藏立時乘虛而入，只見眼前一幌，小太刀如毒蛇般倏地出現在我面前！

我大吃一驚，連忙向後急縮，可是小太刀如影隨形，窮追不捨！

我急忙回簫自救，可是利刃就在眼前，已然來不及擋格，只好將魔氣瞬間提升至極致，同時把頭向左偏倚，以防魔瞳被刺。

就在小太刀要刺中我的眉心之際，只聽得「叮」一聲，小太刀竟然被不知從何而來的「靈簫」擋住！

「咦？」這下子不單出乎我的意料，連宮本武藏也驚訝得緩下攻勢。

我趁宮本武藏的刀勢已老，連忙後躍數米，稍稍喘息，甫低頭卻發現「靈簫」赫然長了甚多，宛如一支短棍！

我心下大奇，正在思索「靈簫」忽然變長的原因時，魔氣一散，「靈簫」又變回原來模樣。

「難道將魔氣貫注其中，『靈簫』就會伸長？」心念及此，我立時把少量魔氣輸入簫中，果不其然，「靈簫」忽然詭異的增長些許。

我心中立時雪亮，這簫從孫悟空那裡取來，看來就是傳說中能伸縮隨自如的如意金剛棒！

我心下暗喜，想不到剛才提升魔氣禦敵，竟然誤打誤撞得知「靈簫」另一用途，如此一來，待會兒再戰時定能出其不意。

一旁的煙兒看到「靈簫」的異狀，驚訝的道：「大哥哥，這簫兒……」

「嗯！我知道了。」我打斷煙兒的話，以防宮本武藏聽到「靈簫」的秘密，早加提防。

「嗯？你在那邊囉唆甚麼？」宮本武藏雙眼緊閉，濃眉皺起。

「沒甚麼，只是在想你為甚麼一直閉著眼睛。」我笑道。

「用肉眼看世事，總會被紅塵迷惑，倒不於回歸黑暗，一切用『心』去看。」宮本武藏的手重新放在小太刀上，徐徐的道：「話太多了，來吧。」

我冷笑一聲，提簫前縱，先發制人，「靈簫」直取宮本武藏面門！

宮本武藏刀未發，勢先至，只感他周身忽地殺氣翻騰，突然間「噹」一聲，小太刀已然出鞘，把靈簫掃蕩開去。

霎時間，四周再次充滿密不可分的金屬撞擊聲！

眼見雙方僵持不下，我暗暗將些微魔氣貫注「靈簫」中，簫身倏地伸長數寸。

局勢雖沒因此立時改變，可是差之毫釐，謬之千里，交手數下後，閉著眼的宮本武藏已然感覺到「靈簫」的突變。

他突然「噫」的一聲，微感詫異，動作稍頓，胸口竟不自覺露出致命缺點。

「喝！」我大叫一聲，去勢立變，「靈簫」直刺他中門要害。

誰知宮本武藏竟是故意自暴其短，正當銅簫要刺中他之際，宮本武藏的右手忽如蛇般靈活，一下子把我握簫的手抓個正著。

「留下這隻手吧！」宮本武藏大聲呼喊，左手小太刀挾勁朝我的手猛劈下來！

「真可惜，我早料到此著。」我狡笑一聲，手腕一轉，豎立簫身，渾身魔氣立時如山洪暴發般注入「靈簫」之中。

但見長簫「唰」的一聲，瞬間暴長，狠狠地擊中宮本武藏堅實的下巴！

「靈簫」剎那增長的衝力之強，不單將宮本武藏的下顎骨擊碎，還把愕然的他，高高撞上半空。

眼見奇襲成功，我心下大喜，卻見「靈簫」伸展不停，連忙運功把部分魔氣收回，直至簫身縮到長棍長短左右。

宮本武藏身在半空，向後翻了兩個筋斗後才輕飄飄的著地。

「想不到這簫子竟然另有乾坤。」宮本武藏睜開眼睛，把嘴角的血跡舐去後，瞪著我冷冷的道：「既然如此，在下只用短刀，未免不敬。」

宮本武藏說罷，緩緩抽出大太刀。

雙刀分舉，一天一地，凜凜殺氣毫不保留地翻滾出來，使他的衣服無風鼓動。

「嘿，就讓我見識一下，這獨步東瀛的『二天一流』刀法有多厲害吧。」我舞了一輪棍花，把「靈簫」橫擺腰後，招招手，示意他先出招。

宮本武藏大喝一聲，風馳電制的急奔過來，一直跑到距離我十步之遙時，他的身影卻忽然消失無蹤。

我立時催動魔力，把感官敏銳度大大提升，細察四周，可是卻絲毫感受不到宮本武藏的氣息。

突然間。

「受死吧！」

宮本武藏忽然在我頭頂半空出現，長短太刀十字交錯，殺氣磅礴的直擊下來！

我立時舉簫橫擋，只聽得一聲刺耳的金屬磨損聲，刀簫交擊處竟拼出點點金黃花火。

宮本武藏此擊挾住俯衝之勢，其力甚巨，我立時把部分力道卸到火車頂上，可是左腿竟「波」的一聲貫穿鐵皮，雙臂更被震得一陣酸麻，長簫幾乎拿捏不住！

我不讓宮本武藏乘勝追擊，上身微微後挫，右腿迅速朝他下陰踢去。

可是宮本武藏應變奇快，右手手腕一轉，長刀立時直指向地，把我右腿去路封住，左手小太刀同時繞過「靈簫」，向我咽喉割去！

我身子向後急仰，小太刀恰恰劃破我喉頭上的皮膚，當真是間不容髮。

我連忙使勁，急舞「靈簫」一圈，撥開面前的小太刀，然後回棍前刺，這才逼使宮本武藏撤手，後躍數米。

我趁他雙腳還未著地，雙手魔氣一貫，「靈簫」瞬間變長，簫頭倏地瞄準他的左膝蓋直刺。

「雕蟲小技！」宮本武藏冷笑一聲，左手小太刀朝地奮力一砍，把「靈簫」前端硬生生打沉入車廂之中後，立時舞起刀花，向我奔來！

我連忙收回魔力，才把「靈簫」變回長棍大小，霍霍刀光已然閃到我面前。

噹噹噹噹噹！

又是一陣眼花撩亂的交戰。

雖然雙刀齊使，宮本武藏的揮刀速度沒有先前般快，可是招式及威力卻勝單刀刀法數倍。

大太刀每一招均大開大闔，勁力十足；小太刀則鋒走輕盈，總是忽然從陰險處下手。

雙刀一陰一陽，相輔相乘，端的是變化萬千，威力無窮。

宮本武藏勢若猛虎，雙刀交替攻擊，快若輪轉，密如雨點，把殺氣淋漓盡致的從刀鋒上展現出來。

論拳腳功夫，身法速度，我全力以赴或許能勝過宮本武藏一招半式；但若比拼刀劍，也許天下間沒人能勝得了他。

眼前漫天刀光，加上宮本武藏刻意躲開我的視線，竟使我的「鏡花之瞳」全無用武之地。

我心裡叫苦連天，要不是「靈簫」是神器之一，凡間武器難傷分毫，他的巨力定必早已把我和我的武器皆割得支離破碎。

可是如此，我的手臂也已被震得酸痛不已，長久下去銅簫定然脫手。

正當我漸感著急之際，一道妖媚煽情的歌聲忽然從我背後悠悠響起。

歌聲柔媚浪蕩，雖然只是簡單的哼唱，可是曲調起伏卻像極女子歡好之聲，甚是撩人。

我認得這歌聲來自煙兒，看來她是想助我一臂之力，利用媚術迷惑宮本武藏的心神。

我本以為我們二人正在酣戰之際，殺得性起，縱然歌聲誘人亦難動我倆絲毫，怎料宮本武藏聽到煙兒的歌聲，虎軀竟猛然一震，攻勢忽地停頓下來。

我見狀大喜，連忙揮棍抽打，可惜宮本武藏的猶疑也只是一瞬間的事，當我快要擊中之際，他已然回過神來，馬上用長刀撐下「靈簫」。

煙兒心知攻勢奏效，連忙催動媚功，可是無論歌聲如何誘人，宮本武藏已不再為其所動。

雖然不能乘虛而入，但煙兒的歌聲卻使我靈機一動，想出妙計。

正當我反思計策細節之際，宮本武藏再次襲到，大小太刀分朝我左肩面門攻去，可是我卻對雙刀視而不見，只心神合一，渾身魔力徒然暴升，雙手握緊「靈簫」朝他心臟就是一刺！

宮本武藏吃過「靈簫」的苦頭，心知簫身瞬間增長時力度非同小可，連忙回刀擋格，「叮」的一聲，雙刀交錯處剛好抵住突如其來的「靈簫」。

不過，這一次我卻是以進為退，簫頭甫撞上大小太刀，我便立時放鬆下盤，借助不停暴增的長簫向後飛退，剎那間已然置身火車頭上。

「小賊休走！」宮本武藏怒氣沖沖，一張方臉氣得青筋暴現，伸手想抓住簫身，卻被我先一步將「靈簫」縮回普通長度，他只得拔腿提刀朝車頭奔來。

我看著他怒髮衝冠，哈哈大笑，卻見他瞬間已離我甚近，不敢大意，連忙運勁於腿，把鐵造車頂弄破，直墮到駕駛室內。

兩名日籍駕駛員看我忽然從天而降，無不大驚失色，連呼饒命。

我正要說話之際，宮本武藏的呼喊聲已來到頭上。

「起！」我手中「靈簫」往駕駛員的腰間一挑，兩名大漢倏地應聲朝天飛去，把車頂大破洞堵住。

我本擬利用二人稍緩宮本武藏的來勢，誰知我剛倒躍出駕駛室，眼前刀光一閃，四周突然間變得艷紅繽紛。

細看之下，竟是點點鮮血在漫天飛舞！

我環顧四週，只見車廂前半靠近駕駛室的乘客，頭部竟全部不翼而飛，脖頸斷處血流如注，猶如十數個噴血池射出絲絲血雨，教其他乘客驚嚇得不能反應！

宮本武藏一臉陰沈，殺氣騰騰的站在距我十步之遙，他背後的駕駛室血肉迷離，卻是兩名駕駛員被他在一瞬間砍成肉糜。

「受死吧。」宮本武藏冷冷的道，大太刀往前朝我一指，凜然殺氣竟破空而至，令我一時氣塞。

我「靈簫」一揮，周遭悶氣頓時消去，笑道：「虧你還說是來殺魔，你如此草菅人命，又跟我有甚麼分別呢？你如倒轉刀鋒，切腹自殺，那也是殺了一條惡貫滿盈的魔鬼啊。」

「成大事者不拘小節，在下殲魔時所誤殺的人，遠遠不及你們魔鬼所害的無辜。今天若讓你離開，往後你所傷害的人定必比今天死掉的多，所以在下絕不能留患無窮。」宮本武藏神態自若的道：「況且這些人頭全都該算在你身上，今天你若不在此，這幫乘客便不會平白枉死。」

「好一個平白枉死。看來就算你完全捨棄魔氣不用，魔瞳還是使你步入魔道。」我嘲笑道。

「哼，在下跟你們這些吸食靈魂的畜生不同。」宮本武藏對我怒目相向，左手反握小太刀，右手長刀曲臂斜舉，冷冷的道：「讓在下以一招了結這場戰鬥吧！這次你休想再逃！」

說罷，宮本武藏渾身殺氣忽然怪異地分為兩道，一左一右的凝聚到雙刀之上，使刀鋒震抖起來。

「一招了結嗎？看來是招中者必死的殺著呢。可惜，我沒有吃下的打算。」我笑道，「靈簫」橫擺胸前。

「嘿，你以為能躲得過『千誅』嗎？」宮本武藏冷笑一聲，只見雙刀刀鋒因強大的殺氣，震幅越加闊大，刀影漸漸擴成扇形，最後竟然連刀身也看不到，卻是震盪過頻的原故。

宮本武藏的太小太刀雖只剩下刀柄，原本刀鋒的位置卻傳來怪異的嗡嗡聲，周身銀光閃爍不已。無窮殺氣從消失了的刀鋒中翻滾而出，車廂生還的乘客全都被這股肅然之氣震懾得動彈不了。此招蘊含的力量實在非同小可，即便有魔氣護身，我亦不禁為之動容。

「看來這招『千誅』曾斬斃不少魔鬼。可惜，再厲害的招式，砍不到敵人身上也是無用。」我故作婉惜的嘆道。

宮本武藏眉頭一皺，不明所以，待見得我將長簫放近嘴巴，立時醒悟有異，猛然踏前一步，想先發制人。

可是，我始終較他快捷一籌，朝他狡猾地笑了一下後，我便迅速將「靈簫」放在唇邊，吐氣吹奏。

吱！

悠悠簫聲從簫上的洞子中傳出來，宮本武藏的身體忽然隨之僵硬，雙腳再難移前半分。

只見他雙刀擱在半空，想動卻又偏偏力不從心，只能睜大虎眼朝我怒目而視。

我本來不懂樂理，可是「靈簫」神妙之極，只要心中有感，一撮唇吹氣，手指便會自然而然的在簫身上翻飛不停，曲隨意走。

我看著他怒不可遏，臉紅耳赤的樣子，暗暗偷笑，心境竟不自覺的變換了，連帶調子忽然變得輕佻狡黠，乍聽之下，彷彿就是惡魔的獰笑聲。

魅惑簫聲在車廂徘徊不休，受到「靈簫」的影響，車上本來不敢作聲的乘客全都身不由已的捧腹大笑，溢出淚水來，連宮本武藏亦不能倖免。

霎時間，四周都是怪異的狂笑聲！

「哈哈哈……臭，臭小子……哈哈……你……究竟使了……甚麼妖法……哈哈哈哈！」宮本武藏一張方臉笑得鮮紅如血，滲出淚水的雙眼卻充滿怒火。

我眼看宮本武藏笑得欲罷不能的樣子，心中覺得十分可笑，卻又不敢出聲回應，恐怕他一脫險便會以命相拼，但我心中笑意卻因此轉嫁到「靈簫」之上。

但聽得歌中嘻笑之意忽增，車上眾人立時感同身受，臉上笑意越加濃烈，但笑聲卻出奇的越來越少。

我心下大奇，轉過頭來，只見身旁座位上，一名身穿校服的女童笑容滿臉地看著我，但一張小臉卻成紫醬之色，甚是可怖。

「嘻……嘻……」

小女孩雙手緊扼脖子，上氣不接下氣的嬌笑，雖笑容可掬，一雙眼睛卻流露無比恐懼。

我心下恍然，想是因為「靈簫」威力過巨，使他們笑得太厲害，喘不過氣，可是我一停下來，宮本武藏便會同時脫離控制，到時候便糟糕了。

正當我在思量之際，小女孩突然雙眼翻白，身體一陣抽搐，然後無力仆倒在地，卻是窒息死了！

片刻過後，車上的笑聲變得越來越少，卻是乘客接二連三的笑倒在地上，活活窒息斃命。

霎時間，車廂中只剩下宮本武藏的笑聲和我的簫聲。

「哈哈哈……你這魔鬼……你又害死人了……哈哈哈哈哈……」宮本武藏一臉笑意的怒道。

雖然我是迫於無奈，但聽見宮本武藏的話，心下依然閃過一絲慚愧，曲中笑意因此銳減一剎。

高手對決，絲毫不得鬆懈，我心中的疚意雖是一瞬即逝，竟能讓宮本武藏乘虛而入，利用這剎那間的空隙擺脫「靈簫」控制。

「受死吧！」宮本武藏大喝一聲，左手一揚，小太刀脫手朝我激射！

可幸我久經訓練，宮本武藏小太刀甫飛出我已立時反應，簫不離口，轉身一擋，剛好把小刀擊下之餘，歌曲不單絲毫沒有被影響，還提升了簫聲中的誘惑之感，讓宮本武藏再次動彈不得。

趁便宮本武藏行動受制，我立時移動簫口，雙手魔力一吐，「靈簫」忽地暴長朝他伸張，只聽得「喀嚓」一聲，卻是長簫硬生生貫穿了宮本武藏的左肩，將他牢牢釘在牆壁上。

我不敢大意，右腿朝地上小太刀一踢，把他握住大太刀的右手也釘死牆上後，這才收簫止奏。

「想不到，在下一生殺魔無數，未嘗一敗，今天卻被擒在你這小子的妖法上。真是恥辱！」宮本武藏的雙手雖然血流如注，但聲線依然雄亮，一臉咬牙切齒的瞪著我，似想將我活活噬掉。

「甚麼妖法？這簫可是天上唯一親造的神器呢！今天你能得見它的厲害，實在是莫大福分。」我走到宮本武藏面前，拍拍他的臉笑道。

話雖如此，其實我心下也慶幸自己有神器在手，因為宮本武藏實力可怖之極，還未動用魔瞳，實力幾近七君水平，假若他用上魔瞳，要勝過他絕不容易。

「呸！」宮本武藏怒不可遏，一口含勁濃痰朝我吐來，卻輕易給我側頭避開。

「嘿，不要生氣了，大局已定，你眼下插翼難逃，還是快點告訴我你的來歷吧。我還要幫我同伴一把呢。」我笑道，俯身搭起地上長刀。

我不太擔心拉哈伯的情況，但先前施展在子誠身上的「地獄」仍未解除，如果維持太久，可會對子誠的精神造成損害。

「哼，無恥之徒，勝之不武。」宮本武藏瞪眼沉聲道。

「我是勝之不武又如何？所謂成王敗寇，無論我使了甚麼卑鄙手段，勝了就是勝了，現在受制於人的是你。」我微笑道，雙手忽然握緊大太刀一揮，只見宮本武藏背後的牆身忽被鮮血塗滿，卻是左前臂給我砍斷下來，血如泉湧。

宮本武藏瞳孔忽地擴張，反映斷手之痛，可他臉上神色卻依然瀟灑自若。

「好一條漢子！」我由衷讚常一聲，又問道：「我們有言在先，如果我勝了，你就要把事情的來龍去脈和盤托出。快說，到底是誰派你來殺我的？是撒旦教嗎？」

說罷，長刀刀鋒又往他的大腿割去。

「休再胡說八道！在下和那幫傢伙可是勢不兩立，不共戴天！」聽到撒旦教的名字，宮本武藏渾然忘了身上傷痛，霎時變得怒氣沖沖。

「好吧好吧，誰叫他們一直在追殺我，我才會把你視作是他們一夥。」我停下手上動作笑道，「為免誤會，你還是快點兒說出你的真正身分，好讓我不會混淆。」

「在下寧死不招！要殺要剮，悉隨尊便！」宮本武藏傲氣十足的說道。

「你以為我不敢殺了你嗎？」我笑罷，大太刀朝他胸口就是一刺。

刀鋒刺處，一陣血霧噴灑，噴得我整身是血，可是宮本武藏依然神色硬朗，不為所動。

我冷笑一聲，雙手忽然用力往下一拉，宮本武藏的身子立時被我剖開兩半，撕裂的痛楚使他不禁張口嚎叫。

「臭小子！你別再折磨人！敗在你手上我無話可說，你還是爽快的給在下一個了斷吧！」宮本武藏怒道，可是由於氣管被我割開，說話間顯得甚是無力。

我呵呵笑道：「真對不起，我這人最喜歡就是折磨他人，欣賞那些痛苦的表情。」

「魔鬼！殲魔協會一定不會放過你的！」宮本武藏放聲怒吼。

「呵，原來你是殲魔協會的人嗎？這個名不經傳的組織是負責狙殺魔鬼嗎？」我笑問。

「哼，殲魔協會，滅鬼殲魔，我們正正是你們的剋星！」宮本武藏傲然道。

「嘿，剋星？你看看現在是誰剋制誰！」

我冷笑一聲，舉刀欲再斬下時，忽然之間，一道清朗的男聲在車廂間徘徊。

「堂堂『二目將』，竟敗得如此難看。武藏，你把我們殲魔協會的臉都丟光了。」男聲笑道。

「是誰在旁鬼鬼祟祟？」我大聲喝道，環視四周卻不見有活人蹤影，想來是利用了某種傳音之術。

「嘿，誰鬼鬼祟祟了？」男聲冷冷笑道。

正當我想出言嘲諷之時，心頭忽然傳來一絲異樣。

我心知不妙，立時依憑直覺向後急退，甫一躍開，車廂猛地一震，眼前忽然閃出一道巨大黑影，瞬間將前端車廂連同宮本武藏和「靈簫」吞噬！

我心下一驚，抬起頭來，只見車廂外有一團黑黝黝的巨物，定神細看，卻竟是一頭三層樓高的異獸！

異獸體形如狼似虎，周身密密麻麻的長滿黑毛，五官難辨，唯獨臉的中央卻怪異地長有一顆赤色巨眼，邪氣逼人，竟是魔瞳！

「想不到把武藏弄得如斯狼狽的，竟是個後生小子。」當我在疑惑此獸來歷之際，清爽的男聲再次響起。

我抬頭一看，只見巨獸頭上，一名身穿黑色漢服的男子手執奇形兵器，迎風而立。男子一把黑長頭髮隨風亂舞，樣子雖俊朗挺拔，英氣十足，額頭中卻有一條垂直的血痕，甚是突兀。

我心下暗想，看來方才和拉哈伯戰鬥的就是這人。

「剛才鬼鬼祟祟的人就是你吧？」我笑問。

「剛才大言不慚的人就是你這小鬼吧？」男子冷笑一聲。

「哈哈，想不到殲魔協會也有耍嘴皮的人。」我大聲笑道，心下卻奇怪為何拉哈伯會讓他跑到這裡來。

「哼，我也想不到竟然會遇到武藏殺不了的魔鬼。」男子冷冷的道。

「嘿，要知天外有天，魔上有魔，他一直戰無不勝，不過是碰不到真正厲害的魔鬼罷了。」我反唇相譏。

事實上，宮本武藏的實力可謂超凡入聖，我這樣說不過是故意跟黑衣男子作對。

誰知他聽後卻點頭認同道：「我義父曾說過，武藏雖能獨步天下，但世上卻至少有五人能跟他匹敵。」

「嘿，你義父真是見多識廣。可是你又打算怎樣？和你膝下那頭怪獸一起替武藏出頭嗎？」我神色輕鬆的笑道，可是心裡卻暗暗擔憂，假若這人實力和武藏相去不遠，沒了神器的幫助，我一時間定必難以取勝。

誰知男子搖頭，道：「我倆合擊之力還不及武藏厲害，和你交手一定勝不了。」

正當我心下暗暗慶幸之時，男子忽然說道：「今天活捉了一頭魔鬼，可以功成身退，你項上人頭，就先擱下吧！」

我大吃一驚，心想他定是和拉哈伯劇鬥之際，乘他不備奪走子誠，連忙大聲喝道：「你快放下他！」

「嘿，你有本事就來搶回他吧，可是自我得道數千年來，從來沒有人能從我手中把東西搶走。」

男子傲然笑罷，忽然伸手往懷裡抓，當他的手再高舉之時，只見他手中拿著一團黑漆漆的東西，卻是拉哈伯！

拉哈伯雖然一動也不動，但我聽得到牠心跳仍在，看來正在昏迷之中。

「你……你究竟是誰？」我心中驚駭莫名，眼前男子竟能擒下拉哈伯，實是匪夷所思。

「你竟然不認識我？」男子皺眉說道，額頭上的血痕忽然左右分開，「手執三尖兩刃刀，腳踏嘯天神犬，額頭獨生慧眼……」

「我乃是殲魔協會『三目將』，二郎真君，楊戩是也！」

男子傲然笑道，只見額中血痕內，一顆鮮紅眼睛詭異的左顧右盼，正是魔瞳！

第二十章——身世成謎

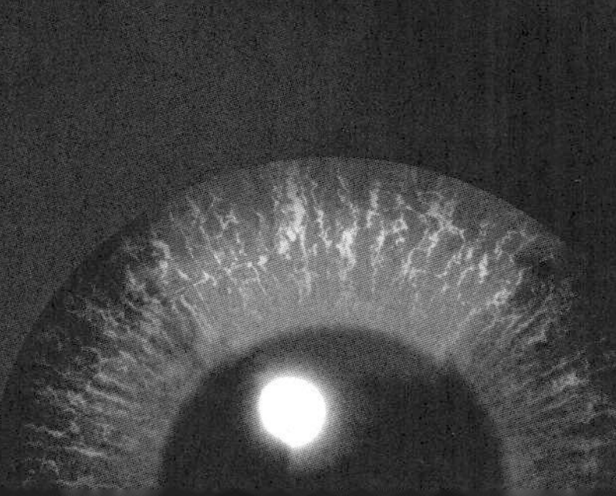

第二十章　身世成謎

楊戩站在嘯天犬的頭上，居高臨下，英俊的臉龐充滿笑意。

體型巨大的嘯天犬雖只有一眼，但魔瞳中流露的眼神卻甚為靈動。

剛才吃掉車廂的應該就是嘯天犬，只見牠嘴巴微微隆起一團，看來宮本武藏正在其中，並未被吞噬。

「原來是二郎神，難怪能擒下拉哈伯。」我笑道，暗地心思急轉，努力盤思拯救拉哈伯的辦法。

「嘿，正是連魔界七君孫悟空也要忌三分的區區在下。」楊戩把拉哈伯塞回懷中，三尖兩刃刀一揮，高傲笑道。

「哈，只不知你跟他誰強誰弱呢？」我笑問。

楊戩聽罷冷哼一聲，道：「不分高下吧！我和那頭臭猴子數千年來交手無數，互有勝負，卻沒有一面倒的情況。」

「原來如此。」我笑道：「說起孫悟空，我可是昨天才見過他呢。」

「甚麼？那傢伙又出現了！他在甚麼地方？」楊戩聽後神色一震，三隻眼竟透露出絲絲興奮之色。

「你知來幹麼？」我笑問，暗暗放鬆身體。

「我和那臭猴子乃是千年宿敵，自從數百年前一戰後，他便消聲匿跡，我怎樣也尋他不著。」

只見楊戩眨眨魔瞳，笑道：「這些年來我勤修苦練，沒日間斷，就是想跟他作個了斷。真想知道現在他厲害到何等程度。」

「呵呵，你和我一戰，不就一清二楚？」我笑道。

「此話何解？」楊戩奇道。

「因為……」語聲未畢，我倏地如箭般朝楊戩突襲過去，「我把他打得一敗塗地啊！」

我在說話間突然出手，攻其不備，眼看快要擊中之時，眼前忽然銀光一閃！

「嘿，論偷襲，你還是遜臭猴子一籌！」

楊戩冷笑道，三尖兩刃刀往胸前一擺，封住我的擒拿手。

一時之間，寒氣逼人，我隱隱感到他的武器乃是精銀製造，連忙收勢縮手，以防被刀鋒所傷。

可是如此稍緩，楊戩立時乘虛而入，打蛇隨棍，三尖兩刃刀急轉半圈，朝我腰間劈去。

我連忙屈膝跳起，恰恰避過這一斬，右手虎爪運勁抓向楊戩的三隻眼睛。

楊戩眼見情況危急，急忙變招，大刀忽然改往上挑。

雖然楊戩這招去勢不快，無奈我身在半空，身體無憑借力，動彈不得，回手自救已然不及，只能眼巴巴看著三尖兩刃刀朝我身體削去。

銀光到處，只見利刀輕易把我從下而上，一分為二的斬開，但我身體卻詭異的沒濺出絲毫鮮血。

楊戩大感奇怪，心知有詐，想要尋我蹤影時，但覺胸中突然一涼，然後便聽到我的聲音從他身後發出來。

「嘿，看來你跟宮武藏還真的有點距離呢。」我站在楊戩身後三步笑道，手中正抱住拉哈伯。

其實剛才我跟他對話時，一直在等待入侵他思想的機會。

直至我提及我曾見過孫悟空，楊戩的情緒忽變得興奮異常，我立馬抓住這機會，進入了他的思想領域，將預先想好的幻覺加諸到他身上。

從方才和我假像交手的動作看來，楊戩武功雖然厲害，但絕非我的對手。

「你是甚麼時候閃開的？照說你的身法不能逃出我的魔瞳。」楊戩嘖嘖稱奇，絲毫沒有因為拉哈伯被搶回而變得焦急。

「不用懷疑自己的魔瞳，我能神出鬼沒，是因為我會忍術啊。」我哈哈笑罷，打了個響指，周遭突然憑空出現數十個跟我一模一樣的分身，將楊戩團團圍住。

「啊？我成魔多年，還未見過如此厲害的忍術呢。是幻覺來吧？」楊戩一臉輕鬆的笑道。

數十個「我」拍拍手，齊聲讚道：「一點也不錯，不過在我施展的瞳術下，幻覺與真實也沒甚麼分別，只要騙得到你的腦袋就是我的天下。」

「嘿，如果這些人皆有血有肉，我的確是死路一條。但若只是幻覺，那麼就絕對困不了我二郎神！」楊戩冷笑一聲後，忽然撮唇作哨，可是哨聲卻沒有絲毫特異之處。

正當我感到奇怪之際，腳下一陣劇動，站處忽然向上傾斜，一道震驚百里的吼叫聲從底下發出，卻是嘯天犬抬起頭來，仰天長嘯！

「吼！」

嘯天犬的吼聲委實驚心動魄，聲勢之響，直上雲霄！

震耳欲聾的吼聲入耳，我腦子突然一陣眩暈，眼前忽黑，雖只是剎那間的事情，但雙眼再能視物時，只見四周分身統統消失，楊戩卻好整以暇，笑瞇瞇的看著我，手上抓住一團黑物，正是拉哈伯！

「嘿，好一頭嘯天神犬，嘯吼聲竟有如斯威力。」我朝楊戩笑道，心下卻暗罵自己竟然一時大意，讓他奪回拉哈伯。

「哈哈，嘯天的叫聲震攝心神，要是魔鬼意志不堅，其施展的瞳術便會立時被破於無形之中。」

楊戩笑道，伸手將拉哈伯塞回懷中。

「原來如此，那麼我只要守住心神，早加防備不就行了？」我笑罷，周身氣勢忽然一凜，卻是我將部分魔氣釋放，好讓精神力變得更加堅牢。

「嘿，你盡管試試看吧！」楊戩說罷，突然提著三尖兩刃刀直奔過來。

雖然他的速度不快，但我不敢有絲毫大意，因為我知道嘯天犬定會在楊戩欺身而至之時，高嘯相助。

果不其然，正當楊戩距我數步之遙的時候，也不見他有任何指示，腳下忽然一陣悸動，嘯天犬再次抑首高嘯。

雖然我已早加提防，怎料嘯聲入耳，我的身體竟然還是停頓一下！

「嘯天的吼聲震天，可不是輕而易擋啊！」趁著這瞬間的缺口，楊戩已然來到我面前，三尖兩刃刀距我胸口不足三吋！

我急忙大幅催動魔氣，強行掙脫控制，向後遠遠躍開，可是我動作雖然迅捷，胸膛終究是給割出一條不淺的傷口。

由於楊戩的兵器乃是精銀所製，我只感傷口炙熱無比，異常痛楚使我大聲喊痛，幾乎要昏倒過去。

接觸到銀金屬的血液詭異地朝四方濺射，瞬間將我的衣服染得通紅一片！

我甫躍回火車頂上，便即挖掉被銀器所割的傷口，以免肉體進一步腐化，饒是如此，我的胸口還是痛得暫無知覺。

「你實在太低估我和嘯天的實力了。」楊戩站在嘯天犬上，不屑的笑道。

「以二敵一，有甚麼好炫耀？」我抬頭看瞪著他，冷哼一聲，心裡卻暗想他既是孫悟空的勁敵，果真有過人之能。

「我和嘯天心靈相通，你要是覺得不公平也沒辦法。」楊戩笑道：「好了，話已說夠，要是你同伴醒過來的話，我可應付不來。『靈簫』和牠，我就先拿走，後會有期！」

楊戩說罷，嘯天犬忽然將車廂吞出來，可是宮本武藏和「靈簫」卻不在其中。

「慢著，我跟你還未分勝負！」我大聲急道，也不顧傷口未癒，運氣縱身躍回嘯天犬上，可是當我要落下之時，眼前黑影一幌，嘯天犬竟已身在數里之外！

我著地一看，只見嘯天犬的身影已然遠去，唯獨楊戩的聲音依舊在我身邊徘徊。

「接下來的日子你要多多小心，因為你的血已經被嘯天嗅過，我們隨時都能找上你！」楊戩說罷，哈哈大笑。

「你給我滾回來！」我提聲怒道，拔腿從他們離開的方向追去。

可是嘯天犬的速度實在太快，片刻間已失去蹤影，而我沾在三尖兩刃刀上的血腥之氣，也被奔跑刮起的強風吹散，使我無法循氣追蹤。

「別白費心神了，嘯天日行萬里，我想世上只有『十二羽翼』薩麥爾才能追上牠。」楊戩囂張的聲線再次在我耳邊響起。

「三眼怪，要是你敢動拉哈伯一條毛髮，我要你永不超生！」我沉聲喝道。

「嘿，反正我早已成魔，生死之事根本沒放心上。」楊戩冷笑一聲，道：「小子，我們再會之時，就是你離世之日，好自為之吧！」

笑聲漸漸遠去，楊戩再沒作聲，任我如何咒罵，他都再沒有回應。

楊戩帶著宮本武藏和拉哈伯離去後，四周再次回復平靜。

想不到身為七君之一的拉哈伯，竟也會失手被擒，而我眼白白看著楊戩他們帶著拉哈伯逃走，心下更不是味兒。

楊戩的實力本不算高，可是配合嘯天犬驚心動魄的吼聲，一人一獸便變得極為難纏。面對他們，我不單搶不回拉哈伯，而且還被銀刀割了一下，傷勢不輕。

不過，拉哈伯雖落在敵人手上，但一時性命應該無礙，因為楊戩只生擒了他，想來是希望在牠身上逼問甚麼。

只要拉哈伯甦醒過來，以他的應變之能，就算不能反客為主，也絕對能夠全身而退。

這時，我注意到周圍安靜得過分，走回車廂，只見車內遍地乘客，卻全都口吐白沫的昏倒過去，看來是承受不了剛才嘯天犬的叫聲之故。

「大哥哥……」一道軟弱無力的聲音忽從背後響起，我轉頭一看，但見煙兒倚伏在座位上，臉色甚為疲憊的看著我。

「煙兒，你怎麼了？」我急忙走過去把她扶住。

「沒甚麼……只是剛才那巨獸的叫聲厲害，我抵擋到第一次，第二次就抗衡不了，幾乎要受內傷。」煙兒蒼白的臉蛋勉強打起精神，強笑道：「大哥哥，你沒事吧？拉哈伯叔叔呢？」

「我沒事。拉哈伯給人捉走，但暫時應該沒有危險。」我輕輕抱起煙兒，讓她安穩地伏在我肩上後，柔聲道：「你先休息一會兒，我們待會還得趕去孤兒院，看看有沒有任何線索。」現在拉哈伯被擒，妲己下落不明，我心下雖然焦急，但苦無頭緒，不得不冷靜頭腦一下。

「嘻，被大哥哥抱住真的蠻舒服啊。」煙兒說罷，忽然伸手抱住我的頸子，吻了我的臉頰一下。

「煙兒！」我皺起眉頭說道，臉上卻感到一陣熾熱。

煙兒嘻嘻一笑後，便即伏在我的身上，緊閉眼睛，收拾笑容，運功調息起來。

我想起子誠還在「剪刀」的幻覺之中，連忙跑到我們原本所在的車廂。

來到火車斷口處，但見一片頹桓敗瓦，周遭鐵石碎散，血肉模糊，盡是臉現懼色的屍體，看來先前楊戬和拉哈伯的激戰，劇烈程度不下於我跟宮本武藏的惡鬥。

我找了一遍，一時尋子誠不著，便即運功，提升耳力。

霎時間，無數「砰砰」心跳聲湧進我雙耳中。

雖然心跳聲快慢不一，雜亂無章，但獨有一股較常人要快的心跳聲從車外傳來，應是屬於進了「地獄」的子誠。

我往窗外探頭一看，果見子誠躺臥在鐵軌遠處的草叢之中，沒有絲毫動靜，想來是剛才火車被楊戬他們截斷之前，拉哈伯先行將子誠抛出車外，以防受傷。

我抱住煙兒，穩穩的從火車裂縫中跳到子誠身旁，眼見他汗流滿臉，神色蒼白痛苦，我連忙打個響指，解除了他腦中幻象。

子誠甫脫離「地獄」，立時深深的吐了一口氣，整個人這才放鬆起來。

我心想他被困於「地獄」甚久，精神損耗頗多，一時三刻未必能甦醒過來，自己又曾激戰一番，魔力消耗不少，便坐在他身旁運功起來。

誰知才坐了片刻，子誠便悠悠轉醒，睜眼開來，看到四周的景物有異，氣虛力弱的問道：「小諾？我在哪兒？」

「你先休息一會兒吧，我們現在在火車路軌旁。剛才你進了『地獄』後不久就有敵人來襲。」我心中微感詫異，卻依舊朝他笑道：「我忙於接應，一時沒將你從『地獄』中釋放出來。你的精神力定然消耗不少，所以我們就先在這兒稍作休息，待力氣回復才出發。」

「敵人？是撒旦教的人嗎？」想到殺妻仇人，本來累極的子誠忽然精神一振，勉力起身，沉聲問道。

我輕輕將他按下，笑道：「不是撒旦教，是一個名叫『殲魔協會』的組織，好像專門獵殺魔鬼，來者還大有來頭。」

子誠聽得我說敵人並非撒旦教，這才稍稍放鬆，慢慢躺回地上問道：「嗯，那是甚麼人？」

「來了兩人一獸，就是宮本武藏、二郎神和嘯天犬。」我笑道。

子誠聽後，虛弱的笑道：「怎麼我們的敵人盡是傳說中的人物？他們很厲害吧？」

「嗯，宮本武藏比較厲害，但楊戩反而在我身上劃了一道疤痕。」我指住胸上傷口說道。

「你沒事吧？」子誠一臉意外，又問道：「噫，對了，拉哈伯呢？」

「我沒事，休息數天就能回復過來。」我淡淡笑道：「至於拉哈伯，則被他們捉走了。」

「甚麼！拉哈伯被他們捉走？」子誠驚訝得張大了口。

我點點頭，應道：「不過我想他們暫時不會傷害拉哈伯，更何況楊戩那傢伙說他會再來尋我，因此我們不必費心去找拉哈伯。當務之急，就是先去孤兒院，弄清楚十字架的來歷，然後盡快找出撒旦教日本分部的位置，救出妲己。」

「還有，要將李鴻威那廝，千刀萬剮！」

子誠臉上疲憊突然一掃而空，眼中殺氣忽現，語氣恨恨的道。

我們就這樣趟在原地休養，不久過後，終於有人發現了火車遇上意外，各救援人員和記者們相繼蜂擁而至。

這時，我們力氣稍復，便乘機走回大路，跟隨子誠另乘公車往孤兒院，希望能趕在入黑之前到達。

由於孤兒院位於郊區之中，公車駛過之處，但見四周人煙漸見稀少，路上房子亦越見疏落樸實。偶爾碰到下課的小孩子，總是聽到一陣陣天真的嘻笑聲。

「走過這條小徑就是孤兒院了。」公車司機在一密林旁邊停下，手指入口處笑道。

謝過司機後，我們便即下車步入密林小徑中。

這座林子陰陰鬱鬱，但見周遭樹木生得甚是茂盛，抬頭一起，枝葉交織得密不透風，把陽光盡數阻隔在外。

林子裡烏鴉甚多，「牙牙」鳴叫聲在死氣沉沉的密林中徘徊不休，營造了一種陰森氣氛。

一路上，我跟煙兒依舊指指點點，談笑自若，但我察覺到子誠自從下車後，神色變得越來越黯然，顯然是想起他亡妻，觸景生情。

當我正想出言安慰之時，眼前忽地豁然開朗，卻是到了密林盡處。

但見林外一片青蔥平原，夕陽照下，草原上一個大十字架懸掛空中，卻是一座偌大的教堂頂部。教堂外形殘舊，後方建了數座淡黃色的院舍，卻全都被一堵灰白牆子團團圍住，看來就是我們的目的地。

「若濡，我們回來了……你看到嗎？」當我們來到孤兒院教堂的大門前，子誠雙眼立時通紅，喃喃自語，彷彿他妻子亡靈就在旁邊。

「走吧，帶我們去看看你妻子成長的地方。」我拍拍他的肩微笑道。

子誠拭走眼淚，點點頭，正想答話之際，有人忽然在我們背後厲聲問道：「你們是誰？是誰讓你們進來的？」

我轉過身來，但見一名容貌秀麗，作修女打扮的中年女人，手捧黑皮聖經，滿臉怒氣的瞪視我們。

「對不起，擅自進來，我們是來拜訪院長的。」子誠摸摸頭，一臉抱歉的說。

「你們是誰？找院長幹麼？」修女問道。聽到我們來意，神色已然緩和不少。

「我、我是文子的丈夫。」子誠剛毅的臉孔掛上一絲苦笑。

「你是文子的……啊！對了，你是文子的丈夫，鄭先生是吧？你數個月前才跟文子回來探望我們呢。怎麼樣子憔悴了那麼多？我都認不得你了。」中年修女認出子誠的身分後，態度立時變得熱情起來，使子誠一時不知所措，只好點頭強笑。

修女忽然察覺到子誠妻子不在，問道：「對了，怎麼只有你來了？文子呢？這兩位是你們的朋友吧？」

提到死去的妻子，子誠的臉色忽地閃過一絲痛苦，強自鎮定下來，聲音有點沙啞的說：「文子……她，過身了。」

聽到這消息，修女立時瞪大雙眼，呆在當場，過了良久，才如夢初醒般說道：「我……我先找院長來，我找院長來！」一語未休，便即轉身拔腿向屋舍方向跑去。

「進來吧。」子誠推開教堂大門，垂首獨自走講台前的長椅坐下。

我看著子誠了無生氣的背影，輕輕嘆了一聲。

現在的他已宛如行屍走肉，假若真能一雪殺妻之仇，人生唯一目標也失去時，真不敢想像他會變成甚麼樣子。

「大哥哥，子誠哥哥看來不太妥當啊，要不要我上前去安慰他？」煙兒在我身邊小聲問道。

我搖搖頭，指住地上難以察覺的點點淚痕，道：「讓他自己一個冷靜一下吧。」

就在這時，一陣急促的腳步聲從遠處傳來。

我別過頭一看，只見一名身穿素服的長髮少女，淚流滿面地從宿舍那邊飛奔過來。

坐在教堂中的子誠聽到腳步聲時，已然站了起來望向大門方向，卻見那少女對我和煙兒視若無睹，越過我倆直奔向子誠，最後撲進他的懷中，放聲大哭。

少女哭成淚人，突如其來的舉動嚇得子誠手足無措，連忙道：「優子……你幹麼哭成這樣？」

那個叫優子的少女抬起頭來，嗚咽道：「子誠哥，菜菜子……菜菜子，她死了！」

子誠一臉難以置信，抓住少女的肩膀急問道：「優子，你先別哭！跟子誠哥說，到底發生了甚麼事？」

那個少女強忍著淚，抽抽噎噎的說：「菜菜子，菜菜子她……」

正要說下去時，卻被另一道聲音打斷。

「子誠，你來了嗎？」一名滿臉皺紋，眼睛瞇成一線，樣子卻甚是慈祥的年老神父，站在教堂大門，不徐不疾的說道。

「院長，你好。」子誠扶住少女，走到教堂大門前向神父問好。

院長朝子誠點點頭後，便招招手把少女喚來，道：「優子，不要怠慢客人，你去替我拿點茶水來好不好？」

優子看子誠一眼，又看了看院長，應了聲「是」，便放開子誠，拭去淚痕，萬般不願的走出教堂。

院長目送優子離開後，才轉過頭來，微笑看著我跟煙兒，問道：「這兩位是你的朋友吧？」

「對，這位叫畢永諾，這位是煙兒。」子誠向院長介紹道。

院長點點頭後，忽然仰天長嘆一聲，道：「聽金城修女說，文子已回到天父的懷抱中吧？」

子誠聽後，忽然「碰」的一聲跪在地上，激動地嗚咽，「對不起院長！我曾經答應你會好好照顧文子，現在……現在，卻讓她……」

說到這裡，子誠已經泣不成聲。

院長摸摸子誠的頭，柔聲說道：「乖孩子，先不要哭，進來再說，你要在優子回來之前說清楚，她還不知道文子過身。」

說罷，便腳步蹣跚的走入教堂之中。

那優子看來跟子誠的妻子很是熟稔，子誠聽到院長的話，立時忍住哭聲，站起來走進教堂中，我和煙兒當然緊隨其後。

我們四人坐在其中一張長椅上，子誠強忍悲哀，長話短說，將這些日子來的經過，除了魔鬼的部分，給院長說了個大概。

院長聽著，神色滿是悲傷，年老的臉更見憔悴。

聽罷，他抬頭嘆息道：「生死無常，文子她回到父的懷中，也未嘗不是好事。」

子誠點點頭，抽泣道：「但……我真的捨不得她。」

「傻孩子，人生在世，不過是短短數十年，我們應該著眼於死後的永生才是。」院長柔聲說道。

聽到院長的話，子誠神色登時有點尷尬，可能是因為想起自己已變成魔鬼。他想再說甚麼時，優子已捧住數杯冒煙的熱茶回來。

院長讓優子把熱茶分給我們，當接過她遞來的杯子時，我不經意地碰到她的手，優子卻反應甚大，身體猛地一震，險些打翻熱茶。

「對……對不起。」優子看到我的袖口沾了點茶漬，躬下身來道歉。

院長看在眼內，乾咳幾聲，朝我笑道：「畢先生，真對不起，把你的衣服弄髒了。」

「小事而已，不用介懷。」我揮揮手笑道，可是優子依然不停鞠躬道歉。

煙兒看到優子緊張萬分的樣子，似有不忍，連忙把她扶起來，笑道：「姐姐，大哥哥他人很好，不會這麼容易生氣的。」

聽得煙兒的話，優子這才站直身子，可是神色依然戰戰兢兢，眼神更對我刻意迴避。

「放心吧，這點茶漬抹抹就好了。」我朝優子笑道，心下卻對她的過敏反應留上了神。

待優子把茶都分發好後，院長便問優子道：「優子，我要跟子誠說一下菜菜子的事，你想待在這兒嗎？」

優子聽得菜菜子的名字時，神色忽然一震，雙眼淚如雨下，喃喃自語道：「菜菜子……菜菜子走了……回到天父那裡了。」語氣甚是哀傷。

或許同是女孩子之故，煙兒看在眼裡，似乎也感染到優子她的悲痛，一雙大眼含淚，鼻子微紅的說道：「姐姐，你不要哭吧。」

說罷，輕輕拖住優子的手，可是優子卻沒甚麼反應，依然黯然失神。

院長嘆了一口氣，道：「優子，你不如帶這位小姐出去走走吧。」

煙兒似是不忍優子在這裡聽我們的對話，連連點點，然後跟優子柔聲說道：「姐姐，你可以帶我參觀一下嗎？」

優子含淚的雙眼神情複雜地看了子誠一下後，輕聲說了句：「跟我來。」便轉身拉住煙兒走出教堂。

「她和那個菜菜子的感情很要好吧？」我看著兩名女生的背影問道。

「優子、文子和菜菜子從小皆在這裡長大。她們三人年紀相若，性格又很合得來，所以實是情同姐妹。當初文子要離開這裡嫁到香港時，她的兩個妹妹都是萬分不捨，三個孩子在分別前，相擁而泣了一整夜，可見感情之深。」院長頓了一頓，看著子誠說道：「文子那傻ㄚ頭說過，待菜菜子和文子都成年了後，就讓她們一起到香港生活。菜菜子她數個月前才成年，正整天嚷著要到香港時，誰知道，上星期她卻……」

院長忽然止聲，雙眼通紅起來。

子誠流著淚，拍了拍院長的肩膀，嗚咽道：「院長，不要太傷心了……文子和菜菜子在天家也不想我們傷心。」

院長輕輕點頭，輕拭一下眼淚後，嘆道：「想不到，當年我們『光明之家』的三個開心果，今天已有兩個永遠離開！優子這孩子，也因菜菜子的死，變得精神恍惚起來，所以我才希望將文子的死訊瞞而不說，免得她再受刺激。」

「我明白的。」子誠聽罷點點頭，又向院長問道：「究竟菜菜子發生了甚麼事？」

院長沒有立時回答，而是向我瞧了一眼。子誠見狀，忙說道：「永諾是我和文子的好朋友，一切但說無妨。」

院長聽得子誠這麼說，才點頭嘆息道：「其實，菜菜子上星期自殺了。」

「自殺？她為甚麼要自殺？」子誠詫異地問道。

「其實近這一年，每逢週末，菜菜子都會跟隨金城修女到密林外一間雜貨店購買糧食。那雜貨店的東主有一獨子，樣貌生得甚是俊秀。菜菜子那丫頭，不知從何時起竟對人家起了愛意，每次出外購物，總是找那小東主說話，逗留很久才依依不捨的離開。後來菜菜子和小東主開始來往，我們知道了，並沒多加阻止，因為菜菜子都已算是成年人了，談戀愛也不是甚麼特別的事。」院長喝了一口熱茶後，捧住茶杯，深深地嘆了口氣，續道：「可是，我們孤兒院的規矩甚嚴，一般時候都不準許孩子隨便外出，所以菜菜子也只是週末才能見到小東主。誰知菜菜子卻嫌相處時間太少，總是在晚上趁我們都睡著了，偷走出孤兒院私會小東主，這件事也是到她死後我才從她的日記上得知。」

「但這跟菜菜子的死有甚麼關係？」子誠不解的問道。

「也是我看漏了眼，那小東主外表好看，心腸卻壞得很。」院長搖搖頭，苦笑道：「他跟菜菜子交往一段時間後，便已騙得菜菜子和他歡好。那小子總是毫無顧忌，只求一時快樂，最後竟讓菜菜子懷孕了！」

「懷孕也不是甚麼嚴重事情吧？」子誠問道。

「誠然，菜菜子未成年便懷孕是破壞了孤兒院的規矩，卻不是甚麼罪大惡極之事，可是那小東主知道她有了身孕，竟不認帳，還跟菜菜子分手。」院長說道：「後來菜菜子傷心過度，一時想不通，便趁晚上眾人熟睡時，走到後花園的櫻花樹，上吊自殺！」

院長說罷，再次老淚縱橫。

看到院長泣不成聲的樣子，子誠連忙出言安慰道：「她都已經離開了，你就別再傷心。」

「菜菜子才走了不久，今天又聽到文子的噩耗，你教我怎能不傷心？」院長用手把眼淚拭去。

「文子……她死於非命，我一定會為她報仇！」提起亡妻，子誠純樸的臉孔立時顯現無盡怒意。

「孩子，上帝教我們要寬恕別人七十個七次，那些人雖然可惡，但我們都不能向他們尋仇，到了審判之日，天父自然會定他們的罪。」院長柔聲勸道。

子誠心有不甘，卻不便反駁院長，只得搖搖頭。

這時候，我乘院長看著子誠，暗暗打個手勢示意子誠別再問話，因為我從剛才的對話中，聽出院長的話，有點言不由衷。

子誠心下奇怪，卻知我行事向來必有因由，於是便輕輕眨眼表示明白。

我不想讓話題繼續在那菜菜子上打轉，便朝院長問道：「對了，你是甚麼時候開始當這『光明之家』的院長？」

「嗯，讓我算算看……大約，二十年前吧。」院長摸著杯子說道。

聽到院長的答案，我和子誠立時相顧一下，因為二十年前，我就是在這裡被媽領養回香港。

「那你可有印象，二十年前，有一名在你們『光明之家』長大，後來到了香港生活的女孤兒，從這裡領走一名男嬰嗎？」我握緊拳頭，沉聲問道，心情甚是緊張。

「女孤兒、男嬰？」院長閉上眼喃喃自語，思索了好一會兒，忽然張開眼睛瞪著我，甚有戒心的喝問：「你是誰？你問來幹麼？」

我心裡立時一喜，連忙笑道：「不要誤會，我就是當年被領養的那個男嬰。」

「你就是那個男嬰？」院長一臉驚訝，卻又隨即一臉懷疑。

「我的媽媽，就是東城多香子，你們其中一名孤兒。」我問道：「院長，你知道當年我是如何來到這裡嗎？」

「有甚麼證明你就是那嬰兒？」院長繼續疑惑地問道。

「這是我小時候和爸媽的合照。」我從衣袋中拿出一張廢紙。遞給院長看之前，「鏡花之瞳」早已讓他產生幻覺。

院長拿著「照片」和我比了比，看到相片中的小孩跟我模樣極為相似，不疑有他，神色立時放鬆下來，嘆道：「真想不到，我竟然會再見到你。」

院長將廢紙還給我後，閉上眼想了片刻，便緩緩說道：「嗯，你來的時候，已是二十年前的事了。二十年前，這裡原本的院長突然染病過身，我得到日本教庭指示，來接手這間孤兒院。」

「那時我初到埗不久，對這裡一切都不是很習慣，每晚總是輾轉反側，難以入睡。」院長感慨的說道，「嗯，當時正是春天時分，園子裡的櫻花開得正盛。還記得有一個晚上，我再次失眠，獨個兒走到後園賞櫻。正當我賞得興起之時，赫然發現其中一棵櫻花樹上，不知從何時起，竟直挺挺的站著一個男人！那男人對我瞪視很久，一動也不動的。由於那時燈火暗淡，加上那男人渾身是血，我完全看不清他的面目，卻見到他雙手各抱了一個嬰兒。」

說到這裡，院長抬起頭來，一臉難以置信的看著遠處，彷彿那男人此刻就活生生站在他面前。

「兩名嬰兒？其中一個就是我嗎？」我急問道。

只見院長點點頭，道：「對，其中一名嬰兒就是你。」

我心下暗暗猜想男子的身分，可惜院長他看不見男人的面貌，不然我多少會有些頭緒。

院長見我不再作聲，便續道：「那男人看到我發現了他，便在樹上沉聲問道：『東城直樹呢？』。東城直樹就是病逝的前院長，我看他語氣奇怪，不敢隱瞞，如實告訴他東城院長了的死訊。那男人聽罷身體忽然一震，呆在當場，久久不語。我見他舉止有異，不敢作聲，過了片刻，那男人忽然自言自語，道：『快要追來了。』說罷，喚了我過去。我走到樹底時，那男人突然將兩名嬰兒從樹上拋下來，我嚇得大驚失色，連忙接住。那兩名嬰兒模樣清秀，卻都在熟睡中，這般晃動也沒醒來。男人見兩名嬰兒無恙後，便沉聲說道：『你先替我保管這兩名嬰兒，我過些日子就會回來接走他們。如果有人要領養也不妨，但千萬要記住，他們戴著的十架項鍊，一定要跟隨他們！』。我聽得那男人這般說，低頭一看，果見兩名嬰兒的頸子都套上了一條銀十字項鍊。當我抬頭想再追問時，男人已然消失得無影無蹤。」

這時子誠忽然打斷了院長的話，急問：「慢著，你說那兩個嬰兒，一人有一條項鍊，如果小諾是其中一名嬰兒，那另外一個……」

「另外一名嬰兒，就是文子。」院長語氣肯定的說，一張臉隱沒在熱茶冒出的白煙後，使他的話增添數分神秘。

第二十一章——七情六慾

第二十一章 七情六慾

我渾沒想過，原來我和文子是一起被送來孤兒院。

雖然不知那血衣男的真正身分，但文子她絕對跟撒旦有著特殊關係。

我偷偷瞧了子誠一眼，這時他剛巧抬頭看著我，眼神充滿疑問，看來我倆有著一樣的心思。

院長沒察覺到我們神色的變化，只是撫著茶杯，自顧自地說下去：「嗯，兩名嬰兒，即你和文子的來歷，我從來沒對院方的人明言，只含糊的說在半夜發現你們被遺棄在孤兒院門外。棄嬰這種事情雖不常發生，但孤兒院的人並沒對此起疑，只是如常將兩名嬰兒照顧妥當。在那天之後，我每晚也會獨自一人走到後花園中，等待那神秘男人的身影，可是此後便再沒回來。」

院長喝了口熱茶，轉過頭來，朝我緩緩說道：「如此風平浪靜的渡過了一個多月後，有一天，你媽媽多香子忽攜同丈夫回來探訪。閒談中他們表示次行除了探望舊家，還想領養一名嬰兒。那時孤兒院的初生嬰兒不多，將你和文子算進去也只有五名，又數你和文子的年紀最幼。多香子和丈夫看過嬰兒們後，最後決定把你領走。」

「那麼他們有把十字項鍊一併帶走嗎？」我追問道。

院長點點頭，道：「那兩條項鍊我一直收藏妥當，當你父母決定收養你時，我便連同十字項鍊交給他們，並說那是你親生父母留給你的信物，千叮萬囑他們要好好保管。」

聽罷，我只「嗯」了一聲，不再說話。

院長的話，雖然不能揭開我的真正身分，但至少我可以肯定那男子是我身世之謎的關鍵，縱使對他一無所知，至少我現在有一個追尋的方向。

至於那十字項鍊，背後定必隱藏著某些秘密，我兩名父親說不定就是為了它而接近媽媽。

「嗯，我所知道的都說出來了，你們還有甚麼疑問嗎？」院長忽然作聲，打斷我的思緒。

我搖搖頭，笑道：「已經足夠了，感謝院長你令我們知悉事情的來龍去脈。」

「舉手之勞。」院長淡淡笑道：「對了，天色已晚，你們今晚打算在這兒過夜嗎？」

「嗯，但會不會打擾你們？」子誠小心翼翼的問道。

「傻孩子，這裡是文子的家，當然也是你的家，怎能說是打擾呢？」院長呵呵笑道，子誠也摸著頭，不好意思的笑了。

「好了，孩子們是時候要吃晚飯了，你們也一起來吧。」院長緩緩站了起來。

我們隨著院長離開教堂時，剛好見到煙兒正拉著優子回來。

兩個女孩雖手牽著手，但優子依舊神不守舍，煙兒不停逗她說話，優子始終有一搭沒一搭的回應。

可是，當她見到子誠時卻立時清醒過來，張口想說甚麼，但欲言又止。

「優子……」子誠想上前安慰，卻被我一手拉住。

我輕輕搖頭，示意他先按捺一下，子誠雖然不解，但還是點頭，對優子的傷心故作視而不見。

晚飯過後，我和子誠倆跟隨修女來到男舍的客房，而煙兒因為是女生關係，則和優子同房而睡。

「小諾，其實若濡會不會是其中一名撒旦繼承者？」待修女離開，子誠便即語氣凝重的向我問道。

「不會。」我打開窗簾，只見天上眉月似有還無，使宿舍外的草地一片幽黑。

「為甚麼？她跟你一起送來這裡，身分不是很可疑嗎？」子誠問道。

「她的身分確實可疑。」我轉過來看他，「但她身上沒有『獸』的血記，所以她不會是撒旦。」

「『獸』的血記？」子誠一臉疑惑。

我點點頭，隨即脫掉上衣，咬破左手中指，然後將手高高舉起。

鮮血從手指破口流到胸膛時，立時四散，血流瞬間纏繞我胸膛，構成那詭異的血記，六六六。

「這、這就是『獸』的印記嗎？」子誠頭一趟看到傳說中的撒旦印記，驚訝不已。

「對，你妻子其中一個中槍位置在心口吧？如果她真是撒旦的話，從胸膛流出的血便會形成跟這個一模一樣的血印。」我一邊穿回上衣，一邊解釋道：「可是你從來沒跟我說過你妻子死時有這情況，所以我便肯定她不會是撒旦的繼承人。」

「但想不到，若濡竟然跟你有這麼的一段淵源。」子誠忽然苦笑道。

我拍拍他的肩，柔聲安慰道：「放心吧，既然我和她關係非比尋常，她的死我不會坐視不理。更何況李鴻威對我仇深似海，就算你不殺他，他早晚也會找我報仇，到時我還不是一樣要親手解決他。」

子誠用力的點點頭，過了片刻，忽地想起甚麼，問道：「對了，剛才在教堂內，為甚麼說院長的話有問題？」

「嘿，院長關於菜菜子的話，言不由衷。」我大字型的躺在牀上說道。

「言不由衷？你意思是他說謊了？」子誠訝異的問道。

我坐直身子，看著他認真說道：「不錯。其實打從一開始和院長說話時，我已暗中聽著他的心跳。當他提及菜菜子的死時，心忽然砰砰亂跳，顯然有些事情瞞著我們。」

「他一向和菜菜子二人情同父女，心跳加劇會不會是因為菜菜子的死，使他激動起來？」子誠疑惑的道。

「你實在太容易相信人了。」我笑道：「每當我們提及你妻子的死和優子的失常時，那院長樣子雖然十分悲傷，但他的心跳卻平靜如常。」

「那是甚麼意思？」

我看著他，微笑道：「那代表他的悲傷是裝出來的。」

子誠先是一呆，然後搖搖頭，神色猶自不信的道：「不，這不可能。」似乎這院長在他心目中是一個真誠的人。

「你才當了魔鬼不足一個月，有許多事情你還未知曉。」我笑道：「拉哈伯沒跟你說嗎？我們魔鬼能夠嗅出人類的慾望。」

「人類的慾望？這跟院長說謊有甚麼關係？」子誠皺眉問道。

「嘿嘿，我嗅得出，那慈祥的院長看著煙兒和優子時，體內不自覺散發出淫邪氣息。」我站起身子，走到房門邊。

子誠對我的話似懂非懂，一對濃眉緊鎖，卻似乎仍不相信。

「你知道菜菜子的墓在哪裡嗎？」我笑問，同時打開房門。走廊外沒有絲毫燈火，只淡淡月光從窗外投在地上，看來孤兒院上下有早睡早起的良好習慣。

子誠點點頭，一臉迷茫的問道：「嗯，但知道又怎樣？」

「嘿，當然是要去找那菜菜子的真正死因啊。」我笑著走出客房，隱身在黑暗之中。

嚓……嚓……嚓……

我和子誠拿著鏽跡斑斑的鐵鏟，相互交替，輪流將墓碑前的泥土挖走。

碑上的菜菜子樣子甜美，笑容可掬的看著我們，遇爾透過墓園中烏鴉的淒厲 叫聲以示鼓勵。

這時雖烏雲敝月，四野皆黑，但由於魔瞳本身會散發紅光，我和子誠便能藉此微小的邪光視物。

「希望菜菜子的屍體還沒腐壞，若然她眼睛受損，『追憶之瞳』便無用武之地。」子誠邊把泥土倒掉邊低聲說道。這墓園為於孤兒院以北不遠處，雖然看來久無人跡，卻打理得甚是整潔。

「就只怕院長毀屍滅跡，我們想找也找不到。」我說道，鐵鏟一挖，又是一陣濃郁的鮮土氣味。

「小諾，如果最後發現院長說的是事實，你要跟他道歉。」子誠忽然看著我，一臉認真的說道。

「道歉？我跟他道歉豈非自暴身分？更何況他淫慾旺盛之極，若對著年輕女子還能如此剋制，那世上亦不會再有魔鬼了。」

子誠正欲反駁時，我的鐵鏟忽然發出一記悶響，似乎碰到硬物，我低頭一看，只見泥堆中露出了一小片黑色木材。

我和子誠相顧一下，便連忙撥走泥土。

泥堆中木片顯露的部分越來越多，最後，只見土坑內，有一具黑色棺材沉默的躺在其中。

我倆放下鐵鏟，合力把棺木從地底抬上來。

「找到了。」我朝子誠笑道。從剛才的手感看來，裡面應該藏有屍體，子誠他卻神色凝重的看著棺木沉思，一時聽不到我的叫喚。

待我多喊數聲，他才如夢初醒的看著我，問道：「怎麼樣？」

「你預備好了嗎？」我把鐵鏟對準棺材的縫合位。

子誠猶疑一下，最終還是點了點頭，眼神堅定的說道：「來吧。」

我朝他微微一笑，雙手運勁一挑，輕易打開棺木的蓋子。

一陣中人欲嘔的臭氣從棺材中散發出來，我探頭一看，只見一首滿臉紫斑的女屍，神態安祥、安安靜靜地躺在枯萎的花堆中，正是菜菜子。

子誠跪了下來，把菜菜子從棺木中抱起，動作謹慎輕柔，彷彿她仍然在生。

他輕輕撥開菜菜子的左眼，然後低下頭，讓「追憶之瞳」極近距離地跟那死寂的眼睛對視。

「菜菜子，得罪了。」子誠沉聲說罷，渾身忽然邪氣大增，一動也不動，看來已在觀看菜菜子死前記憶。

以子誠現在功力，應該能夠追看死者生前一天多的記憶，換算回正常時間，除非他自行中斷追憶，不然大約半小時後他才會從回憶中醒過來。

正當我收回「鏡花之瞳」，伸展筋骨，想坐下來休息一會兒時，背後忽傳來一陣輕盈的腳步聲。

「是煙兒嗎？」我坐在地上，頭也不回的喊道，回應我的則是一陣嬌笑聲。

「嘻嘻，大哥哥真厲害，光聽腳步就知是煙兒。」一道單薄的身影忽閃到我眼前，正是煙兒。

「還是煙兒厲害點，竟找到這裡來。」我笑道，拍一拍身旁空地，示意她坐下來。

煙兒嘻皮笑臉的坐到我旁邊，道：「煙兒不厲害，煙兒只是憑著氣味追蹤到這兒。」

「難道你在我身上放了頭髮？」我奇道。

「不是在你身上，而是在子誠哥哥身上。」煙兒說罷，朝子誠的手一指。

我朝她指示的方向看去，只見子誠的手腕上，有一條幼小的黑繩子。

「那是由你的頭髮編成吧？」我問道。

煙兒點點頭，笑道：「那是拉哈伯叫煙兒編的，以防子誠哥哥不見了，拉哈伯又不在我們身邊時，煙兒可以找得到他。」

「嘿，那臭貓還真是偏心，竟只讓你織給子誠。」我冷笑一聲，心裡卻記掛他的狀況。

「嘻，其實煙兒也有替大哥哥編了點東西。」煙兒嬌笑一聲，臉蛋忽一下子通紅起來，垂下頭。

我拍拍她的頭，笑道：「原來煙兒沒忘了我，你有帶出來嗎？快點拿出來給我看看吧。」

煙兒點點頭，從懷中掏了掏，然後小手伸到我面前。但見她雪白的手掌中，有一枚黑得發亮的戒指。

我拿起戒指，只覺質感柔韌，套在中指中，大小粗幼極為適合。

「嘻，大哥哥你記著要常常戴上啊。」煙兒看到我套上黑戒，忽然抬頭嬌笑，喜形於色。

「謝謝你，煙兒。」我突然伸手將她一擁進懷，貼著她的耳朵柔聲說道。

我跟煙兒雖只相處了數天，但我倆曾一起闖進撒旦教總部面對群屍，又在火車頂上對戰宮本武藏，可說是出生入死。

這幾天來，我隱約感受到煙兒對我產生了異樣感覺，可是從小到大，我對女性的接觸可說是絕無僅有，所以一時不知她對我是單純好感還是有別的感覺。

不過，看著這枚黑髮指環，我便知道，她對我是產生了感情。

煙兒低下頭，臉頰一下子變得緋紅，以幾不可聞的聲音說道：「不……不用客氣……」

「傻煙兒。」我抱著她柔聲笑道。

煙兒忽然倚在我肩上，幽幽的嘆了口氣，道：「大哥哥的肩膀真的很舒服呢，煙兒真想永遠這般靠住大哥哥。」

「嗯，大哥哥答應讓你能永遠倚靠我的肩膀。」我笑道。

誰知煙兒幽幽說道：「永遠究竟有多遠？煙兒只知很快便不能再如此倚靠著大哥哥，因為大哥哥說過，末日快要來臨。」

提及末日，我的心不禁沉了下來。

我和師父本來的計劃是利用我撒旦的身分，聚集世界各地的魔鬼共抗天使大軍，可是現在魔界已不如以往，幾乎所有魔鬼都被鐵面人收歸進撒旦教。

雖然直到此時，天使仍沒有動靜，但要奪回群魔，我定要變成真正的撒旦，這才可搶走整個撒旦教。

可是，我的機會，就只有四百一十一分之一。

「雖然機會很微，但我一定會打敗那傢伙，成為地獄之皇。」我語氣堅定的說。

這次救回妲己後，我便會按照孔明的指示，尋找「地獄」。

煙兒伏在我的胸膛，柔聲說道：「無論如何，煙兒都會支持大哥哥。」

「謝謝你。」我輕輕掃了一下她的長髮，問道：「對了，你為甚麼要偷走出來？」

「嘻，煙兒可是想念大哥哥才走出來。」煙兒抬頭看著我笑道。

「那你沒有被優子發現嗎？」

「煙兒當然是待優子姐姐熟睡了才離開寢室。」煙兒笑了笑，又問道：「對了，子誠哥哥在抱住那屍體幹甚麼？」

「他正在利用魔瞳，追看菜菜子死前的記憶。」我答道。

煙兒聞言訝異的道：「原來子誠哥哥的魔瞳這麼神奇。」

「對，它叫『追憶之瞳』，越訓練得久，便能用越少時間去觀看更長的記憶。」我笑道：「可是，子誠才訓練了一個星期，所以暫時只能看到一天多的東西。」

煙兒明白地點頭，然後問道：「但你們為甚麼無故要看菜菜子生前的記憶？」

「因為那院長是個淫賊啊。」我笑道，煙兒卻不明所意。

正當我打算把教堂裡的事告訴她時，菜菜子的墳墓忽然傳來「碰」的一聲悶響。

我抬頭一看，只見子誠抱住菜菜子的屍體站在墓旁，身體微微顫抖，而石製墓碑竟被他一拳砸得支離破碎。

「畜生！」子誠顯然已看到了菜菜子的死因。只見他怒氣沖沖，握拳沉聲罵道。

「子誠，怎麼了？」我和煙兒走到他身旁，但見他額上青筋暴現，一張臉紅得似欲擠出血來，唯獨雙眼隱隱泛起淚光。

「院長那畜生……那畜生原來在一年多前，強姦了菜菜子！」子誠氣得流出淚來，一邊放下菜菜子的屍體，一邊恨恨的道：「院長說的雖大都是事實，但菜菜子肚裡的小孩卻是那老傢伙的！那畜生對菜菜子起了色心，竟然假借上帝之名，強暴了她！」

「假借上帝的名？」我不解的問道。

「那畜生騙菜菜子說，她體內懷有魔鬼，唯有……唯有和他幹那回事，才可以把魔鬼驅走！」子誠咬牙切齒，「菜菜子本也不信，但那老畜生利用院長的身分硬來，最後更奪去她的貞操！後來菜菜子知道自己因姦成孕，無面目再面對小東主，所以才會含恨自殺！」

「大哥哥，你們在說甚麼啊？」煙兒看到子誠氣得臉容扭曲的樣子，嚇得緊緊的抓住我。

我握住她的手示意安慰，同時解釋道：「那院長一直對孤兒院的女孩心存歪念，這女孩就是被他強姦後羞憤自殺。」

煙兒聽後卻「啊」的叫了一聲，道：「糟糕！優子姐姐可能會有危險！」

「甚麼危險？」子誠抓住煙兒的肩急問。

「我剛才出來的時候，為免優子姐姐半夜醒來發現煙兒不在，順手點了她的穴道……」煙兒小聲說道，子誠的臉色卻越來越難看。

「走吧，說不定能及時阻止那淫賊。」我雙手橫抱起煙兒，轉頭對子誠說道：「跑回孤兒院，先到達者去優子的睡房，後來者則去院長的寢室。」

看得子誠點頭應是，我立時打開「鏡花之瞳」，催動魔氣，依來路朝孤兒院絕塵而去。

我手上雖抱有煙兒，但身法卻依舊快捷輕盈。

只聽得呼呼風聲在耳邊響起，才奔走一會兒，孤兒院已然在我視線之內。

但在這時，一道紅光忽然照射在我身旁地上，我回頭一看，赫然發現子誠竟已追上！

其實按照院長面對優子和煙兒時散發的邪念來看，他今天晚上一定要得到宣洩。若然讓他看見優子孤身一人，又動彈不得，一定會對她施以淫手。

我跟子誠約定先到者去優子房間，就是想避免他看到優子被侵犯的樣子，因為子誠成魔不久，如果情緒起伏過於激烈，便會有走火入魔之危。

誰知道在怒火中燒的情況下，子誠將魔氣發揮得淋漓盡致，奔走速度竟短暫提昇至跟我不相上下。

「只修煉一星期，加上怒氣，竟可追上我的身法？」看到子誠緊緊跟隨身後，我不禁吃了一驚。可幸孤兒院就在眼前，子誠始終沒有超越我，所以先翻過那灰白圍牆的還是我。

「大哥哥，你剛才跑得太快了，煙兒幾乎喘不過氣來。」懷中的煙兒吐吐舌頭說道。

「嘿，對不起，但大哥哥一定要比子誠先進孤兒院，不然事情就麻煩了。」我笑著把她放回地上。

我依照約定，隨著煙兒的指示走去優子的睡房。

為免驚動他人，我倆緩下步伐，放輕手腳，屏息靜氣的來到女生宿舍其中一間房間門前。

可是，當煙兒要打開大門之際，我卻聽得到，門內沒有半點心跳聲。

「糟了……」我皺眉說道。

「優子姐姐不在這兒！」煙兒打開門後，驚呼一下，但見睡房內果真空無一人。

正當我想說話之際，忽然，有一股不尋常的魔氣從不遠處散發出來。

是子誠！

我認得這股魔氣屬於子誠，可是釋放的數量卻比平常過之甚遠。

雖然我未曾遇過魔鬼走火入魔，但恐怕我擔心的事，已然發生。

「大哥哥，子誠哥哥是不是發生甚麼意外？」煙兒看到我神色凝重，憂心忡忡的問道。

我看著魔氣散發的方向，點頭說道：「對，你留在這兒，我去看看。」說罷，便隨著魔氣來源跑去。

越接近院長的睡房時，我漸漸感受到除了魔氣，還有一股不弱的殺意和恐懼感自那兒散發。

我跟隨魔氣離開宿舍，經過教堂，最後來到櫻花園前的一座小房子。

是血跡。

這時正值深秋，花園只剩下光禿禿的櫻樹，可是房子門前地上，卻有點點落紅，凝神一看，竟

「子誠！」我趕忙把門打開，卻見房子裡，上身赤裸的子誠滿是鮮血，正低著頭，用腳將院長踏在地上。

老院長的臉被子誠踐踏住，伏在地上痛苦呻吟。他沒穿褲子，私處卻是一片血肉模糊，看來已被子誠踐壓成碎。

披了子誠上衣的優子身體不停顫抖，瑟縮牀邊，淒涼啜泣。

「小諾，你來了。」子誠聲音微顫的跟我說，視線卻依然落在院長身上。他雖渾身魔氣澎湃，但言語間仍鎮靜如常。

「你的身體沒事吧？」我走上前問道。

「沒事，血都是這畜生的。」子誠搖搖頭，但仍沒有正視著我。

「子誠，你現在魔氣如山洪暴發，不如先把魔氣收斂一下。」

子誠聽到我的話，點點頭，周身妖邪之氣立時大減。

看到他沒有走火入魔，我也立時放下了心頭大石。

「小諾，我想殺了他，但我又不想殺他。」子誠收回魔氣後，忽然抬頭跟我說道。

只見他臉上滿是殺意，雙眼卻掛著眼淚。

我明白，子誠現在心裡正猶疑殺與不殺。

他魔性未深，人性未泯，雖然院長獸行難赦，但他依然不想殺生。他想放過院長，心底裡卻又覺得要出手制裁。

老院長聽見子誠的話，立時求饒道：「子誠……不，不要殺我！我是一時被魔鬼誘惑了，才做出這些事來。求……求求你不要殺……啊！」

院長的話還未說完，子誠已一腳將院長的牙全部踏斷！

「被魔鬼誘惑？我跟你說，我就是魔鬼！你這畜生人面獸心，當初侵犯菜菜子時說是神的指示，現在卻寧願將自己的罪推向魔鬼也不願承認！」子誠咬牙切齒的怒叫，腳下用力，壓得院長的頭顱格格作響，「菜菜子和優子視你如親父，但你竟狠心傷害她們。今天即使我不殺你，我也要你生不如死！」

「不！不！等等，子誠，是我的錯，我已悔改了！求求你，寬恕我！看在文子份上，求求你，不要殺我！」老院長呼天搶地的哭求。

聽到院長提及亡妻，子誠猶疑一下，腳不禁放鬆下來。

院長眼見說話有效，連忙誠懇說道：「子誠，我真的後悔了，看在天父、文子的份上，你放過我吧！我會改過自身，我答應你、我答應你！文子在天之靈也不會想你殺人的！」

「為甚麼你要一錯再錯，當初菜菜子被你強姦，苦苦哀求時你怎麼又聽而不聞？」子誠搖搖頭，流著淚，痛心疾首的說道。

「我知道，我一時被慾念蒙蔽，但我答應你，我今後洗心革面，決不會再對女性起邪念！天父作證啊！如果我動了邪心，教我不得永生，死後墮進地獄！」院長聽得子誠語氣放軟，連忙把握機會，誓言旦旦的說。

子誠看著院長沾滿污血的臉，猶疑一會後，忽閉上眼睛，眉頭深鎖，神色苦惱，似是在思索放與不放。

過了一會兒，子誠踏著院長的腳，緩緩從他的臉上移走。

「你真的有了悔改之心？」子誠似乎被院長的話打動。

院長甫被釋放，連忙爬起來，跪倒在地，涕泗縱橫的朝子誠說道：「真的，我真的知錯了！」

子誠默言不語的凝視院長片刻後，忽然搖頭說道：「我信不過你，不過若你跟我立血契，終生不再碰女孩子的話，我便放你一馬。」

院長聽見子誠願意饒恕他，也不問清楚甚麼是血契，便連忙沒口子的答應。

子誠看著院長，深深嘆了口氣後，便咬破指頭，擠出一滴鮮血掉落在院長的傷口上，道：「現在我與你立下血約，如果從今以後，你再侵犯任何女子，立時性命不保，你接受嗎？」

「慢著！」

一直坐在牀上，泣不成聲的優子突然哭叫：「不要相信這禽獸！文子姐姐也曾被他……」優子還未把話說完，便突然噤聲。

因為，她被在地上打滾的眼球，嚇得呆在當場。

「畜生，你，你竟然連若濡也……」子誠看著院長，沉聲說道。

可是院長的頭顱已被踏扁，再不能向子誠求饒。

優子看到院長臉目完全變形的可怖模樣，嚇得要高聲尖叫出來，我見狀連忙先一步點上她的睡穴，以免驚動孤兒院其他人。

一直以來信賴的院長不單是個衣冠禽獸，連自己的妻子也曾被他姦污，子誠一夜間面對太多突發的事，使他情緒幾近崩潰。

子誠忽然跪到地上，無力的喃喃自語：「若濡……我已殺死這畜生了……對不起，我不能容忍、不能容忍任何人沾污你……」

「這種禽獸，十惡不赦，你妻子定不會責怪你的。」我走上前，拍拍他的肩膀安慰道，卻發覺手感軟綿綿的有些怪異。

「小諾，我殺了他後，覺得很不舒服啊……」子誠把頭埋在大腿上，聲調卻像被包裹了一層布條般，模糊不清。

我察覺子誠狀況有異，連忙抓住他的肩讓他正視我，可是他的樣子，卻讓我大吃一驚。

「小諾，我很辛苦啊……」子誠朝我說道，卻不知是哭是笑，因為他的面孔竟像蠟燭般一滴一滴的溶解！

第二十二章——強奪巧取

第二十二章　強奪巧取

「子誠！」我看著子誠的臉在眼前一點點的溶掉，驚駭莫名，一時束手無策。

「小諾，發生了甚麼……事，我很辛苦啊……你……你在哪裡……」只見子誠的皮膚慢慢流下來，眼睛嘴巴也被肉漿所覆蓋，說話時含糊不清。

「別慌，我在這兒。你的身體有沒有甚麼特別的感覺？」我握著子誠說道，卻發現他的手已經變得軟弱無骨。

「我，我只覺得……身子空蕩蕩的……一點都不屬於我……」子誠竭力抬起頭想看著我，但他頸椎此時卻柔軟若蛇，險些兒便會身首分離。

看著子誠的樣子，我心中焦急不已，這種情況拉哈伯從未跟我提及過，因為一般來說，走火入魔只會魔氣不斷外洩，但子誠的情況顯然有所不同。

「慢著！難道是魔氣耗盡？」我忽然想起拉哈伯說過，假若魔鬼的魔氣用光，也就是壽命止盡時，便會遭受「天譴」。

「天譴」是當初天上唯一設立在魔鬼身上的枷鎖，意在強逼魔鬼們不斷吸食慾望維生，永遠不能求死解脫。

每個魔鬼死時經歷的「天譴」各異，但大都恐怖萬分，眼前子誠身體溶化成漿，說不定就是絕命之兆。

想到子誠不是走火入魔，我的心立時鎮定不少，因為魔氣耗盡，只要替他補充就是了，但走火入魔，除非以「墨綾」包裹魔瞳，否則是無人能救。

「子誠，你因魔氣耗光而遭逢『天譴』，我要立刻跟你訂下血契，不然你性命不保。」說罷，我迅即把指頭咬破，然後插進子成正在溶解的血管中，好讓我們的血能相互交融。

「我現在與你交易，我給你十年壽命，而條件是你在今後一個月內，無論如何都要吸食至少五十年的慾望。這項交易，你接受嗎？」我看著身體慢慢軟化的子誠問道。

「嗚……嗚……」已變得面目難辨的子誠，因為口部已完全溶化，只能不斷發出嗚嗚之聲。

起初我以為他是在答應交易，但他嗚咽了一會兒，我身上的能量卻沒有減少半分。

「子誠，你快點接受吧，再不接受你會死……啊！」當我想棒起他的頭時，雙手忽感到一陣滑溜，這材赫然發覺，子誠的頭部竟已溶解得像糖漿般黏液，耳朵結構已損，所以根本聽不到我的話！

我心下暗罵，心思飛轉，看看能不能另覓他法。

正當我苦思無策之際，眼角忽然瞥見房中凌亂的書桌上，放有一個殘舊的擴音器。

「對了！」我靈機一觸，連忙放下子誠跑到書桌旁，然後打開擴音器。

確定擴音器運作正常後，我便即鼓動喉頭肌肉，對著擴音器，語氣緊急的說道：「咳咳……大家，因為院中突然發生了一些特別事故，請各舍監和修女，立即帶同小孩們來到我的房舍前面排列。事出突然，請大家趕快動身！」在孤兒院內徘徊不休的，卻是院長的聲音。

重複廣播數次後，我便倚在窗旁，輕輕挑起紗布窺看，不消一會，燈光漸明，門外已經傳來眾人喧嚷的聲音。

我故意把門掩上，使他們看不到房內的情況，但大門外地上的血跡卻又沒有清洗去，好讓他們心中產生恐懼。

我回頭看看子誠，發現他溶解之勢似乎稍緩下來，看來我心中想法不錯。

一直以來，魔鬼賴以維生的就是人類所產生的負面情緒，例如慾望、恐懼、嫉妒、惡恨。魔鬼們經由交易，吸食這些負面能量，再而轉化成自身魔氣。

有時候，只要將人類的負情緒激發出來，就算沒有交易，魔鬼們也可吸納這些情緒作為糧食，只不過當中釋放的數量極為稀少。

饒是如此，只要激發的人數夠多，這些少量負面情緒便能積少成多，形成一股可觀的能量。

從古到今，歷朝歷代皆有暴君窮兵黷武，終日征戰連連，當中有不少的真身是魔鬼，其目的就是想吸食戰事中，成千上萬士兵的恨意懼意。

現在子誠不能跟我交易，無計可施下，我只好喚來孤兒院的人，引導出他們的恐懼感，使子誠能及時吸收能量。

可是，現在散發的負面情緒，遠遠不夠他回復原狀。

拍拍拍！

這時，一名修女不停拍打房門，焦急的說道：「院長，你在房子裡沒事吧？究竟你喚我們來作甚麼？我們全都一頭霧水，孩子們現在都驚慌得很！院長你快點出來跟大家說一下吧！」

我在門後運功模仿院長的聲音說：「我現在就出來了，你讓大家都看著大門口吧。」

修女雖不明所意，但還是依我的意思，大聲叫所有人注視門口。

待所有人的目光都集中大門時，我便隱身門後，然後以極其緩慢的速度打開房門。

大門一開，屋子內的血腥牆壁立時一覽無遺，而居中展現在眾人眼前的，正是溶化成漿的子誠。

眾人看到嗚啊亂叫的子誠，還以為是妖怪，無不嚇得毛骨悚然，充滿懼意的尖叫和呼哭聲突然在人群中爆發出來！

「妖怪啊！」面對這妖異突兀的情境，孤兒院上下全都嚇得爭相逃走，但此時四周卻捲起一道怪風將他們團團圍住。

眾人被怪風刮得睜不開眼，不得已只好停下腳步，抬手護面。

但當大家都駐足不前時，怪風又突然消失無蹤。

眾人慢慢睜開眼睛，嚇然發覺眼前已非孤兒院後園櫻樹處處的景象，取而代之的，卻是一片無盡無際的血河骨山。

微風輕起，撲鼻而來的是一陣陣中人欲嘔的血腥之氣。

孤兒院的人已沒再呼天搶地，因為他們已被眼前的鮮紅嚇得呆在當場。

「天父啊……您將我們帶到甚麼地方？」方才拍門的修女呆看著血紅山河，喃喃問道。

「真不好意思，把你們帶到你們最不想去到的地方。」一道男子笑聲忽在眾人頭上響起。

所有人立時抬頭一看，只見滿佈暗紅雲朵的半空之中，飄浮著一名樣子俊秀，但笑容透露著邪氣的大男孩。

大男孩的左眼，閃爍著妖異的紅光。

修女仰望著我，一臉難以置信的問道：「你是誰？這兒……究竟是哪裡？」

「我？我就是你們最痛恨的撒旦。」我柔聲笑罷，右手打了一個響指，骷髏地上忽然伸出無數盤根錯節的粗糙怪手，把眾人一一拉到地底，只露出項上人頭。

眾人突然被拉到地底，看到周遭盡是染滿鮮血的骷髏頭，全都嚇得嚎啕大哭，尖叫連連。

這時，地上怪手的主人紛紛爬出地面，卻是數以百計，滿身污血，赤裸裸的鬼人。

鬼人沒有耳鼻，只有一張大口，一隻大眼。

「嘿，而這裡，則是『地獄』的第一層，『拔舌』。」我笑罷，鬼人們忽然一致地張開血盆大口，吐出鏽跡斑斑的殘破鐵鈎！

院長房子外的空地上正散放著濃烈的恐懼感。

夜幕下，好幾百人正躺在地上，微微顫抖。

人人口吐白沫，神色驚惶，因為他們全都被不存在的鬼人，一次又一次的勾斷舌頭。

當舌頭被粗糙卻不尖銳的鐵鈎刺穿後，鬼人便會按住他們的頭，慢慢、慢慢地向後拉扯，富有彈性的舌頭被鬼人拉得越來越長、越來越長。

在達到肌肉的彈性極限後，舌根便會傳來一陣撕裂的劇痛，然後口中頓時滿是鮮血，而鬼人的舌鈎上，則懸掛著一條條血淋淋的長舌。

接下來，本來空空如也的口腔卻又忽然長回一條完好舌頭。

櫻樹上的鴉群不安亂叫，顯然他們所承受的痛苦，連烏鴉也能感受得到。

我走回屋內，關上大門，嘗試把聲音隔絕，可是那些低沉又痛苦的呻吟聲依舊傳入耳中。

我無奈搖頭，想搖走腦海中某點不安，卻又不能。

堂堂撒旦，竟然會因作了壞事而心有不忍，雖只是微乎其微，但我真如拉哈伯所言，還存有一絲仁念。

門外的眾人雖只是進入了十八層「地獄」中威力最低的「拔舌」，但由於他們都只是常人，承受了這般折磨後，絕大部分的心智都會被消磨掉，勉強活下來也不過是有形無神的植物人。

「為了救回子誠，我也沒有其他辦法了。」我壓下自責的念頭，語氣肯定的說道。

子誠的潛力比我和拉哈伯所預期的要高，假若就此毀了，實在可惜。

抬頭看看子誠，縱使他因渾身肌肉組織重組所產生的痛楚而昏倒過去，但身體亦已經開始回復成形，於是我閉上雙眼，坐在一旁靜靜調息。

雖然我身上的魔力耗了不少，可是「鏡花之瞳」早已關上，因為門外的「恐懼」為數雖多，也不過剛好足夠子誠所取，所以我只好抑制吸食能量的衝動，稍微休息，晚點再找食物。

嗯？食物？

我想起牀上的優子。

我站起來，走到牀邊，但見只披著一件上衣的優子正安靜地躺在牀上，神色有點痛苦，似乎正在作惡夢。

「對了，這孩子被我點了睡穴。」我忽然注意到牀鋪上印有數片落紅，看來是那院長獸行的痕跡。

優子她的處子之身，已被一直視如親父的院長所沾污，今後就算能重新生活，這輩子想必也走不出這悲痛的陰影。

「與其行屍走肉，倒不如早點離開世界，去那不存在的懷抱中吧。」我用手指輕輕拭擦牀上血跡。

優子是有點無辜，但今後還有大量強敵等待我，要是我不能統一魔界，第三次天使大戰來臨時魔鬼一族勢必滅絕。

所以無論如何，我一定要有足夠力量去迎戰。

雖然，優子死了，子誠的情緒可能會因此變得更頹喪。

「可是，這或者更能激發子誠的魔性。」我邊說，邊將優子的穴道解開。

我輕輕按摩優子的人中，不久，她便「嚶」的一聲，悠悠轉醒。

優子模模糊糊的睜開雙眼，待看到我坐在她身旁，這才驚醒過來，移開身子的驚問：「你是誰？」說罷，忽然驚覺自己身上一絲不掛，連忙抓起被單包住身子，一臉慌張的別過頭。

「你忘了嗎？我是子誠的朋友。」我笑了笑，稍微坐遠一點。

「子誠哥哥的朋友……啊……你是畢先生，對吧？」優子怯怯的說道，依舊不敢對我正視。或許是之前所受刺擊太大，優子神智有點混亂，要思索一會兒才想起來。

我點點頭，笑問：「優子，你記得昏倒之前，發生了甚麼事嗎？」

優子回憶起那被侵犯的片段，心裡顯然驚痛萬分，抓住被單的手揑得更緊，雙眼淚如雨下的嗚咽道：「記得……記得。」

「但你放心，院長他已經死了。」我指指地上的無頭屍體笑道。

「他，那壞蛋，終於死了……太好了……哈……哈哈。」優子看著院長的屍首笑道，笑聲中絲毫沒有快樂之意。

「對，如你所希望的，」我朝她笑道，「他被子誠一腳踏死。」

優子忽然渾身一震。

「你……你在說甚麼？」優子結結巴巴的道。

我沒有回答，只笑了笑，然後走到書桌旁，打開桌燈。

微弱的黃光，映照著優子不安的蒼白臉孔。

「方才子誠正要原諒院長時，你突然提起子誠的太太，說道：『不要相信這禽獸！文子姐姐也曾被他……』，」我憶述起優子剛才說的話，「究竟你想說甚麼？院長他曾經對文子作了甚麼事？」

我瞇起雙眼，臉帶笑意的瞧著她。

其實剛才子誠要放過院長時，我已知優子在說謊話，但由於事出突然，我根本來不及阻止，而且對於此事，我另有心思。

一直以來子誠表現出來的魔性不重，使他還存有仁義之心，但這點良性卻對我們以後的行動百害無一利，這次他果斷下手殺了對自己很重要的院長，定必有助他進一步加深魔性。

優子表情變得不自然，故意別過頭迴避我的目光，小聲說道：「院長他……他曾經侵犯過文子姐姐……」

「你說謊。」我笑道，語氣卻沒有責怪之意。

「我、我沒有說謊！」優子臉紅耳赤的急道，可是嗔怒的言詞底下，卻是急促的心跳聲。

「不，你的確對子誠撒謊。」我呵呵笑道：「子誠心軟，聽得院長聲淚俱下的求饒便想放他一馬，但你卻對這禽獸恨之入骨，所以便故意編了個謊話，用子誠最在意的妻子來刺激他，好假借他的手殺死院長。」

「你……你有甚麼證據？」優子眼神慌亂，卻故作鎮定的道。

「我嘛，可是能偷聽別人心聲。」我笑道，「其實當子誠殺死院長的一剎，你心裡立時懊悔不已，畢竟院長於你有十數年的養育之恩，儼如親父，所以當他死時你也感到十分悲傷，對吧？」雖然我不懂讀心，但作為一名魔鬼，猜測他人心意的技巧還是有的。

優子的心思顯然被我說中，只見她用掩耳閉目，神色痛苦的叫道：「我不知道！我不知道！我恨他、恨他污辱了菜菜子姐姐！」

「對，你恨他，因為他對菜菜子施暴，使她懷孕；今晚他又故事重演，沾污了你清白之軀，」我語氣不溫不火的道，「但你同時亦知道，你捨不得他。被親父母拋棄的你們，本應面對無盡孤獨，但他給了你們一個愉快的童年。」

「不！那惡魔！他把幸福帶給我們，卻又親手毀掉！他不值得我愛，他不配當我的父親！」優子流著淚，激動尖叫，情緒已然崩潰。

我不理會優子的聲嘶力竭，繼續說道：「不，他配！假若沒有他，你現在只不過是一個孤苦無依的孤兒。他給予你的，不止衣食，還有充滿快樂的回憶、兩個血濃於水的姊姊。雖然他害菜菜子自尋短見，但在內心深處，院長還是愛著你們。你回想一下過去十數載，你們在孤兒院的時光是喜是悲？試想想，假如把他從你的過往中抽掉，又會是甚麼光景？」

「我不知道……我不知道……」優子摀住面痛哭，心裡卻顯然回想起以往的一點一滴。

「優子，你兩名好姊妹，早已不在。本來還有一位可以陪伴你的親人，也因為你的惡意謊言而死了。三位對你最重要的人，全都不在人世，現在只剩下你一人，永遠的孤苦伶仃。」我知道優子的心已變得支離破碎，親人死光的她，只會感到徬徨無助。

優子沒再反駁，只是低著頭，不停的流淚、流淚。

「想想以後的日子，你遇到甚麼開心事情，再沒分享喜樂的對象；碰到不如意的事，也只能對著牆壁訴苦，沒人會出言安慰你、鼓勵你了。從前被照顧的你，今後要獨自一人面對所有喜怒哀樂，很痛苦吧？但這是你一手造成的，因為，你害死了院長，那個養育了你十多年的院長。」說罷，我便不再作聲，只在旁靜觀其變。

優子雖依舊淚流不止，可是呆若木雞，眼神已變得了無生氣。

我知道，我的目的達成了。

過了半晌，優子忽然呆濟的道：「你殺了我吧。」

「嗯？我無緣無故幹麼要殺你？」我笑道。

誰知優子忽然激動起來，扯住我的衣領哭叫：「求求你，快點殺了我！求求你……」

我按住她的手笑道：「殺人可是犯法，我可不想坐牢。」

優子似乎沒把我的話聽進耳中，眼神空洞，只自顧自的說道：「現在只有我一個……現在只有我一個了……菜菜子、文子你們都不在，我不想再活下去了！你快點殺了我，殺了我！」

我知優子已精神失常，為免有誤，便跟她笑道：「優子，如果我說，能讓菜菜子、文子和院長他們再次出現在你眼前，但要付出很大代價的話，你願意嗎？」

優子聽得我的話，雙眸立時回復神彩，連連點頭，哭道：「我願意，我願意！如果能再見到他們，我願意付出任何代價！」

「哪怕是整個人生？」我試探性的問道。

只見優子眼神堅定的答道：「對！」

聽得優子的答案，我便笑了笑，柔聲跟她說道：「其實，他們三個一直就在你身邊。自從死後，菜菜子和文子的靈魂一直守護著你，而院長他亦已原諒你了。」

「真的嗎？他們……他們在哪裡？」優子大喜過望，立時左顧右盼，忽然，有人拍拍她的肩，優子連忙轉頭，這才發現原來菜菜子他們三人早已坐在牀邊。

三人一身白衣，身影虛虛實實，正滿臉笑容的看著她。

「菜菜子姐姐、文子姐姐……院長，原來你們真的在這兒，守護著優子……」優子掩面說道，熱淚盈眶，激動不已。

菜菜子的靈魂點點頭，張開雙手，把優子擁入懷中。

「不要，再拋下我了。」優子閉上雙眼，伏在虛無的菜菜子胸膛，流著淚，感受那不存在的親情。

「或者你的靈魂被『天堂』吸收後，真的會再遇上她們。」我收起「鏡花之瞳」，看著含笑而逝的優子說道。

優子沒有答話，只抱著長白軟枕，笑容卻依舊溫暖。

我看著優子的屍首好一陣子，這才收攝心神，坐下來將剛吸收的能量消化。

這次把優子的性命騙來，我倒沒有不安，因為我覺得優子絕不是一個堅強的女孩，而且她對院長及過去的生活仍有所依戀。

優子顯然早知曉菜菜子自殺的真相，但她非但沒向警察告發院長的獸行，還繼續留在他身邊。故意撒謊激怒子誠讓他殺了院長，也不過是因為她被院長侵犯了。

如果時光倒流，我相信她不會再說出那句謊言，因為身為孤兒的她曾被父母拋棄，所以深切明白孤單過活的哀傷。

悲憤過後，回到現實，突然驚覺身邊至親已一一離去，我想對她來說，世上已再沒有值得她留戀的事物。

優子的生命至少有六七十年的能量，如果要她痛苦地過活大半個世紀，我想她早晚會選擇輕生。

「所以與其在未來自殺，倒不如將鐵定沒有光彩的生命送給我。」說罷，我吐了口濁氣，緩緩睜開眼睛。

今天消耗的能量甚多，消化掉優子的生命後，我再次感到周身精力充沛。

抬頭看看子誠，只見他身體已回復原狀，但此時猶自昏迷不醒。

子誠現在身體雖然仍然虛弱得很，不過暫時補充了魔氣，只要在他醒來後，再找食物就可以。

想到子誠隨時醒來，我實在不敢想像如果他見到我將孤兒院上下盡數拖進「地獄」，會有甚麼反應，所以得盡快毀屍滅跡。

可是正當我站起來想舒展筋骨時，突然，我感覺到屋外的那股龐大「懼意」，在一瞬間消失得無影無蹤！

第二十三章

黑衣和尚

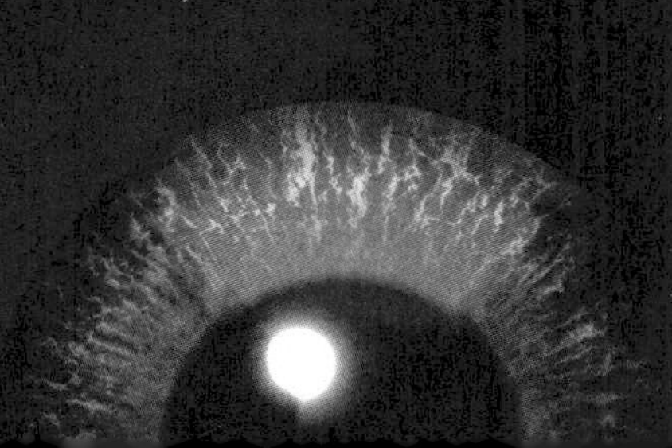

第二十三章 黑衣和尚

敵人？

我皺起眉頭猜測。

當察覺到外面情況有異時，我已立時打開「鏡花之瞳」，以作戒備。

我知道門外數百人突然不再恐懼，只有一個原因，那就是孤兒院上下，全都變成死人。

因為只有死人，才會不懂害怕。

而能夠剎那間擊斃數百人的，絕非泛泛之輩！

我不知來者是敵是友，所以便收斂魔氣，不聲不響的隱身門後，想先作觀察，可是過了一會兒，門外人卻始終有沒動靜。

我悄悄把頭移到門邊，透過空隙看去，但見屋外原本滿佈是人的園地，現在竟然變得空蕩蕩，那些孤兒院眾卻是全都不見了！

我暗暗吃驚，凝神再看，只見有一名黑衣和尚，右手負棍，左手豎立胸前，站在空地中微微垂首，低聲吟誦。

黑衣和尚四五十歲模樣，一臉剛毅，身材極為高大，少說也有兩米，卻戴了一副極不相襯的墨鏡。雖然全身裹在黑色僧袍內，但見他衣服甚為鼓脹，看來黑布之下是一副精煉的軀體。和尚手持的銀棍款式特異，棍身粗大偏平，光亮如鏡，豎起來比他本身還要高出不少，實在看不出是那門兵器。

但見他站立在一塵不染的空地上，身子紋風不動，氣勢陰沉內斂，卻無散發半點殺意。空空如也的平地，傳盪著和尚沉重的誦經聲，偶爾傳來數聲林中鴉叫。氣氛，實在蘊釀著說不出的詭異。

「看來就是他令數百人突然消失。」正當我在猜想和尚來歷時，忽然，那喃喃吟誦停止了。接著，一種異樣感從我額頭急速擴展。

卻見那和尚不知何時，已然抬頭，朝我隱身的方向看來。

危險！

電光火石間，我回身抓住子誠，然後奮力一躍！

轟！轟！

雙腳才剛離地，足下忽然一陣急勁之風，伴隨兩聲巨響，卻是一道突如其來的怪力，以迅雷之勢擊碎木門，然後重重轟在我倆身後石牆上！

我蹲在屋頂上，往方才撐破的洞探頭一看，只見房子內煙塵四起，剛剛所站之處卻屑碎紛飛，要是我反應稍為緩慢，定已遭受開膛之禍！

看到屋內情況，我暗暗呼險，但見塵煙瀰漫間，有一條長線從大門伸展到石牆上，似乎剛才就是這東西向我擊來。

我順勢看去，這才發現那條長線一直延伸至黑衣和尚手中，卻是一條極長極幼的鐵鍊子，每隔數十公分，便有一節短棒，一共九節，想來是由那長扁銀棍變化而成。

「終於現身了。」黑衣和尚逼得我現身之後，卻沒作進一步的攻擊，只朝我笑道，笑聲甚是響亮。

黑衣和尚右手一抖，那條極長的九節鞭便即迅速收縮，變回長棍。

我放下子誠，慢慢站起來，笑道：「你出手狠辣，我若不現身，你定會將整座房子連根拔掉吧？」

「嘿，畢永諾，老衲要把你趕出屋外，絕不需要用上第二招。」黑衣和尚傲然笑道，語氣完全沒一點出家人應有的謙遜。

「口氣真大。對了，和尚怎知道我的名字？」我微笑問道，卻發覺自己絲毫感受不到他的目光，看來他墨鏡鏡片與撒旦教那些特種部隊的面具一樣另有玄機。

「對於你的一舉一動，老衲可是瞭若指掌。」黑衣和尚笑道，左手重新豎起胸前。

「這裡原本的數百人突然不見了，是你的傑作吧？」我拍拍身上的灰塵，笑問。

聽到我的問話，黑衣和尚忽地收起笑意，一臉正經的道：「阿彌陀佛，老衲見他們個個痛不欲生的模樣，心有不忍，便開戒給他們一個了斷，免受那幻覺之苦。」

「換言之，你是把他們全殺了？」我笑問。

「不錯。」黑衣和尚說罷，低聲唸了句「罪過，罪過」。

「嗯，但你如何使他們在一瞬間消失得無影無蹤呢？」我頗感興趣的問道。

和尚卻笑了笑，道：「說不得，說不得！」

「你可知這會壞了我的大事？」我皺眉問道。幸好子誠的身體已然回復原狀，不然可麻煩。

「嘿，你旁邊那位施主早已不礙事。雖然他體內只剩下少量魔氣，但一時三刻並沒危險。」黑衣和尚抬頭看著我，笑道：「倒是你，體內雖存有不少魔氣，但同時間把數百人帶進『地獄』，可是會大傷元神啊。」

「和尚的眼光不錯，竟看得出我使用了『地獄』。」我哈哈笑道，卻暗暗吃了一驚，想不到這和尚竟有如斯銳利的目光，不單能看得出子誠體內魔氣存量，還能識破我的幻術。

黑衣和尚聽到我的話，大笑一聲，得意的道：「有何難猜？他們目光散漫，對周遭諸事不聞不問，顯然是中了幻術。人人張大了口，舌頭卻都怪異地向口腔內捲縮，似是害怕舌頭被人傷害到。

由此可知，他們全都進入了『地獄』第一層，受那拔舌之刑吧。」

「地獄」向來是撒旦不輕易使用的招式，受害者十之九八，不是畏懼而死，就是被折磨得精神失常，所以很少人能道出當中情況。可是，這和尚竟能單從孤兒院眾的舉動推測到他們進了「拔舌」，可見他的來歷，絕不簡單。

雖然和尚的推斷使我驚訝，但我依然鎮定，笑問：「和尚，你也是魔鬼吧？」

「是人是魔，何需執著？」黑衣和尚笑道。雖然沒有直接回答，可是黑衣和尚的僧袍忽然無風自動，卻是他釋放魔氣之故。

「墨鏡之下，想必有兩顆魔瞳。」我笑道，因為和尚散發出來的魔氣，雖然不強，但卻精純之極。

黑衣和尚哈哈大笑，脫下眼鏡，果不其然，有兩點妖邪紅光在黑夜中閃爍不停。

「知道『地獄』的魔鬼，至少有二千歲吧？」我笑道：「想不到，竟會甘願當撒旦教的光明使。」

「嗯，此話怎說？」黑衣和尚將眼鏡放回懷中，瞪著我笑問。和尚雙眼長得兇悍，加上那泛紅的瞳孔，更顯煞氣，教人望而生畏。

「你身穿黑衣，頭頂不長一髮，外型和我見過的光明使一模一樣。」我把目光稍稍下移，避免與他直接對視，以防中了他的瞳術，「而且你那副墨鏡能阻擋目光，這東西我之前已從撒旦教的特別部隊中見識過了。」

「特別部隊……啊，你說的是『殺神小隊』？」黑衣和尚想了一會，說道：「老衲可沒見過他們。」

我笑道：「殺神也好，滅佛也好，這次你的任務，想必是取了我的命吧？」

黑衣和尚笑道：「老衲此行目的，的確如此。」

「既然你知我能施展『地獄』，那就應該知道我的身分吧？」我語氣疑惑。

「你想說你就是撒旦？可惜，今非昔比！」黑衣和尚一臉輕視的看著我，笑道：「要當地獄之皇，也要看看你夠不夠資格！」

「難道你覺得我轉世了，便實力不再？」我邊笑邊伸展手腳，因為我知道，這一戰不能避免。雖然我元氣確如他所言，因對數百人使用了「地獄」而有所損耗，可是從他剛才所釋放的魔氣來看，我還能夠勉強應付得來。

和尚傲然一笑，道：「嘿，適當與否，便看你能不能夠勝過老衲的長鞭了。」說罷，黑衣和尚便把雙手從衣領伸出僧袍之外，裸露出滿是精壯肌肉的上身。

「好吧，就讓我來會一會你的九節鞭。」我翻腳一勾，輕輕把子誠踢到身後數十米外的櫻花樹上，以免他遭受殃及。

「嘿，小子挺有自信。」黑衣和尚冷笑道：「但在這之前，先讓老衲告訴你三件事。」

聽得和尚還有話要說，我不禁皺眉問道：「甚麼事？」

「一，此戰老衲絕不會手下留情，要是你輸了，老衲會將你的命和『鏡花之瞳』一併取走。」

「這些待你擊敗我才說吧。」我笑道，「若是我勝，我可不用你死，只需要你當我手下十年。」

「嘿，異想天開。」黑衣和尚冷冷一笑，續道：「第二件事，如果你死了，老衲會讓你兩位朋友跟隨你，使你在黃泉路上不愁寂寞。」

聽得和尚的話，我立時醒悟煙兒已落入他的手上，心下不禁暗罵自己大意。

其實煙兒早應在我作廣播時來到院長室，我方才卻只顧救子誠，一時間倒忘了她。

「嘿，我死了，他們的事我可管不了。」我故作神色自若，道：「最後一件事是甚麼？快說吧！」

「第三件事，就是小子你猜錯的事太多了。老衲並非甚麼光明使，」黑衣和尚一雙魔瞳往我一瞧，傲慢的笑道：「而這鞭，乃是有九九八十一節！」

語聲未休，只見黑衣和尚抓住長棍朝我一揮！

銀棍忽地暴長，扁長棍身先化九節，然後每一節再散成更薄的九小節，每節棍身寒光閃閃，竟是鋒利無比的刀片！

這八十一節鞭雖然鞭身甚幼，但揮來的力量及速度卻是有增無減，我才跳起來，剛剛所站之處已立時被轟成無數碎石！

「嘿，雖然這八十一節鞭力道強勁，來去如電，但要擊中我，還差那麼的一點兒。」我從空中躍回地上笑道。

和尚見一擊不中，沒有失望，反而笑道：「身手不錯，但老衲的拿手絕活還未施展出來呢！」

「嘿，臭和尚光會說……」正當我想再出言嘲諷時，背後忽傳來一陣勁道怪異的風聲。

我心知有異，連忙運勁於腿，向旁閃避，才躍開數米，便見一龐然巨物被那長鞭拖拉起，從天空擊下來。

凝神一看，那竟是院長的房子！

碰！

房子轟然落下，四周立時揚起一陣滔天塵海，就在這時，黑衣和尚的聲音從前方響起來：「嘿嘿，小子，不要以為老衲的魔氣不強，便即輕敵。老衲只展示了一成功力！」

我只心下暗罵，卻不作一聲，因為這時，我已悄然站在黑衣和尚身後。

方才房子擊落的瞬間，我立時把魔氣收斂，並閉上左眼，藏起魔瞳散發的紅光，藉著滾滾沙塵，迅速走到黑衣和尚的背後。

我腳步極輕，以半蹲的姿態走近和尚，速度雖快，卻不帶半點聲響，和尚也似乎並未察覺。

我屏氣凝神，待得走到距他數米之外時，立時鼓動魔氣，五指成箕，朝他後腦抓去！

這一記偷襲無聲無息，本是誰也難以避過，怎料在我手爪快要抓到他的光頭時，我察覺到眼前的沙塵中，早已閃動著兩道紅光。

不知在甚麼時候，黑衣和尚竟已不動聲色的轉過身子！

「糟糕！」我心裡罵了一聲，知道不能得手，便即抽身後退，誰知黑衣和尚立時反擊，我只覺眼前銀光一閃，那長薄鞭首如毒蛇般，忽地出現在我面前。

我大吃一驚，但危急之中也不忘閃避，電光火石間把頭別過。可是，我雖避免要害被擊，左臉臉頰還是給削掉一大片肉。

我落回地上，只覺臉上一陣刺骨的疼痛。

「嘿，不錯不錯！你能在瞬間想到施襲之法，這一擊的確完美無瑕，換了他人，早已頭碎骨裂。」黑衣和尚響亮的笑聲再次響起，「可惜，你的對手是老衲。任何偷襲，在老衲眼中都變得毫無意義。」

「和尚少得意！」我忍受著面部組織重生之痛，冷笑道。

和尚聽罷，忽哈哈大笑，道：「小子，老衲可沒誇口，老衲先不攻擊，讓你看得清楚！」

我待要答話，周遭沙塵已漸散去，但見前方一雙魔瞳邪氣依然，可是，黑衣和尚的身子卻是背對著我！

「嘿，明白老衲所指了嗎？」黑衣和尚大笑道，兩顆長在光滑後腦的魔瞳，目光邪惡，靈動的打量著我。

黑衣和尚的怪異模樣使我大感錯愕，就這一分神，我竟不經意地和他魔瞳目光接觸。

當我倆目光交接的一刹，我只感身子一震，同時瞬間變得怒不可遏，卻又很想放聲大笑！

突然在腦海生出兩種極端的情緒，這感覺教我毛骨悚然。

我心知是黑衣和尚的魔瞳之故，於是便即抬起頭來，果不其然，眼光才移開，我的心情立時回復正常。

黑衣和尚察覺到我的異樣，便即傲然一笑，道：「小子，終於知道老衲的厲害了吧？」

我蹲在地上，稍稍平伏心情，笑道：「和尚的確深藏不露，兩顆魔瞳竟能如此順利入侵我的思想，和尚的功力比我想像中要高得多。」有了前車之鑑，我不敢胡亂跟他雙眼對視。

「嘿，可是，算上這兩顆魔瞳，老衲也不過使用了五成實力。」黑衣和尚笑道。

「想不到殲魔協會中，除了宮本武藏，還有一個如此厲害的『四目將』。」我皺起眉頭道，卻偷偷拾起兩枚尖石，藏在掌中。

黑衣和尚說他並非撒旦教徒後，我本猜想他會否是殲魔協會的人，現在看到他擁有兩雙魔瞳，心中立時雪亮，他就是殲魔協會的「四目將」。

正當我以為自己猜中時，黑衣和尚卻哈哈大笑，道：「你猜對一半，老衲是殲魔協會的一員，卻不是甚麼『四目將』。」

我還要再問，背後忽傳來一陣聲響，卻是黑衣和尚牽動那八十一節鞭，朝我攻來！

我聽風辨聲，心知那八十一節鞭連帶粗大的櫻花樹向我橫擊過來，閃左避右也不行，唯有用力一躍，拔地而起。

當我身在半空之時，本扣在手中的兩枚尖石，立時朝黑衣和尚頭頂激射。

這兩枚尖石所含的勁道有異，雖是同時射出，到了中途卻變了一前一後。前者飛得吱吱作響，目的是要掩飾後面那枚無聲無息的尖石。

可是，尖石才一脫手，我便知道自己白費心思。

因為黑衣和尚的頭頂，竟也透射著兩道血紅邪光。

兩顆妖邪的魔瞳，滿是嘲弄之色的看著我！

突然間，我心中悲痛莫名，頓覺生無可戀，想就此墮地而死；我同時又想起自己身在半空，背部一時嚇得滲出冷汗，一股懼意忽地湧上心頭。

我的情緒忽然莫名其妙地，變得既懼又悲。

「早說偷襲對老衲毫無用處。」這時，兩枚尖石已飛近黑衣和尚的頭顱，一響一寂，卻都被他大手一揮，通通接下。

我身在半空，驚詫不已。

「老衲怎說，也是殲魔協會會長啊！」

黑衣和尚傲然大笑一聲，沒有抬頭，手中長鞭卻分毫不差的朝我急射而來！

第二十四章——或敵或友

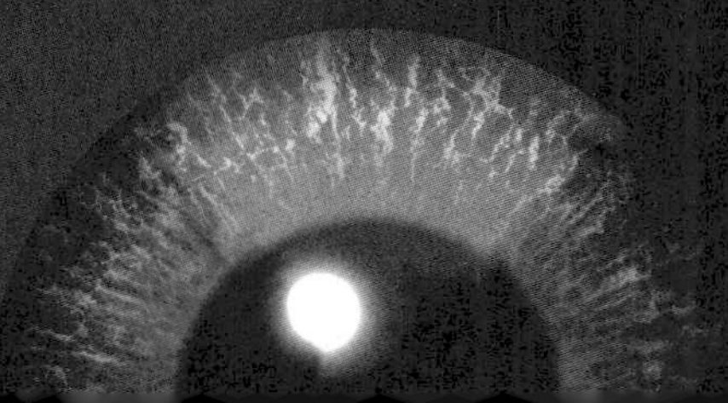

第二十四章 或敵或友

只一眨眼的功夫，銀鞭已挾住異常勁道來到我面前，可惜我身在半空，無從借力，心中只能乾焦急。

眼看脖子快要被鞭頭割到時，忽然間，我的腰際被一道突如其來的巨力擊中，身子便即硬生生橫移數米，恰巧躲過黑衣和尚的一擊。

我翻身落回地上，心中暗暗呼險，正想找尋那巨力來源時，我的眼角忽然閃過一道黑影，接著左肩一沉，似乎有甚麼東西坐在其上。

「小子，你這般狼狽，可丟盡我和你師父的架。」我轉過頭來，卻見肩膀之上，有一雙幽綠的貓眼，高傲的斜視著我，竟是拉哈伯。

「臭貓，你怎麼沒死啊？」看到拉哈伯突然出現，我也是暗自高興，但嘴上卻半點不饒他。

拉哈伯看著前方，冷哼一聲，道：「我這數千年可不是胡混的，倒是你的表現實在太差了，剛才要不是我出手相救，你早已送命。」

「嘿，你不也是敗在楊戩手上，還被人抓走，要不是我出手阻攔，說不定那三眼怪早已割走你項上貓頭。」我哈哈笑罷，拉哈伯忽然一聲不響，用尾巴鞭打我臉頰一下。

「死貓幹嘛？」我摸著熱騰騰的臉龐，皺眉叫道。

「嘿，傻小子，我可是故意被擒，楊戬那小子不過是老孫上下實力，要將我擊倒，還早了百年。」拉哈伯陰側側的笑道。

正當我想追問原因時，拉哈伯忽收起笑意，抬頭看著那黑衣和尚，沉著臉道：「小塞，你剛剛下手重了點吧？」聽拉哈伯的話，似乎他跟黑衣和尚早已認識，這不禁使我微感驚訝，此時那黑衣和尚卻忽然大笑起來。

「拉哈伯，憑他這點道行，如果要他當撒旦的話，倒不如讓你或我來當吧！」黑衣和尚傲然笑道：「剛才我不過使用了人類狀態的七成功力，他已招架不住，若面對薩麥爾，相信不出兩分鐘便落得身首分離的下場。」說罷，他混身魔氣一散，眼睛瞳色立時變成碧綠。

拉哈伯低下頭來，沉默不語，似乎不能反駁和尚的話，我看在眼裡，心中不是味兒。

過了半晌，拉哈伯忽然瞥了我一眼，接著嘆了口氣，道：「小塞，話雖如此，但身負『數字』的人，是他而不是我或你，你要知道，這『數字』乃是能集合眾魔的關鍵。」

黑衣和尚冷笑道：「那又如何？他的實力不過稍勝老孫，第三次天戰來臨時，假若他表現不如理想，只會動搖軍心，引起更多魔鬼叛變，到時候恐怕得不償失！」

拉哈伯冷哼一聲，道：「那你有甚麼好方法？」

「嘿，要這小子把『鏡花之瞳』交出來，然後讓我或你來配上，藉著幻覺讓其他人……」黑衣和尚還待要說，拉哈伯忽然大喝一聲，身上魔氣暴漲，怒道：「住口！你忘了我們在伊甸立過的誓言嗎！」

「哼，我怎會忘記？但眼前此人，已非我們當初認識的撒旦。遠古所立的誓，難道還要盲目遵從嗎？」黑衣和尚雖依舊一臉無情，可是我看到他的眼神卻閃過一絲悲痛。

提及往事，兩人都沉默下來。

二人突然無語，使孤兒院的空氣呼吸起來有點空洞，偶爾數聲鴉鳴，卻也似乎傳不到他們的耳中。

在寂靜的氣氛中，我隱約感受得到他們內心深處的悲痛。

「拉哈伯，這和尚就是當年跟你及孔明，發誓要終生追隨撒旦的天使吧？」我率先打破沉默。我記得拉哈伯曾提及當初在伊甸園時，和孔明及另外一位天使感情特別要好。我知道後來孔明叛離，不過拉哈伯始終沒說過另一位天使的下落。

拉哈伯看了看黑衣和尚，輕輕嘆息，道：「不錯。他也是七君之一，實力僅次於我，卻在孔明和孫悟空之上。」

這話，使我倒吸了一口涼氣。

雖然我早已猜到這和尚是魔界七君，但卻萬萬想不到，他的實力竟只稍遜於拉哈伯！

在埃及受訓時，我曾見識過拉哈伯變回真身後，那摧枯拉朽的恐怖實力。這和尚有著幾乎和他不相伯仲的功力，實在不能小覷。

「原來是七君，怪不得如此神氣。」我朝拉哈伯問道，「你知道他是甚麼殲魔協會會長，也知道楊戩是協會的人，所以才裝作昏迷，讓他帶你到他們落腳的地方，對吧？」

「不錯，那楊戩的眼光很銳利，為了不被察覺，所以我沒用傳音入密跟你說。」拉哈伯看著黑衣和尚，續道：「我們見面後，言談間提起了你，這傢伙卻不相信你是撒旦轉世，便拿了武器說要試你一下，我想阻止也阻不了。」

「嘿，以你的能耐怎會阻不到？臭貓，你是想再次確認我的實力吧？」我瞪著拉哈伯，冷笑一聲。

剛剛我在半空中快要被黑衣和尚割傷時，拉哈伯卻能在千鈞一髮之際出手相救，顯然他早伺候在旁，暗暗觀察我倆的戰鬥。

對於我的指責，拉哈伯沒有否認，只瞇眼笑了笑，我見狀忍不住哼了一聲。

自從在佛羅倫斯聽過鐵面人和孔明的話後，拉哈伯對我的態度表面雖沒多大改變，但我卻知道他對我能否成為撒旦一事越感懷疑。現在這黑衣和尚非但不承認我是撒旦，還揚言要搶奪「鏡花之瞳」。

想到此處，我不禁有些火光。

「無論如何，也要挫一挫這禿驢氣焰，不然難洩我心頭之恨。」我暗暗說道，心思一轉，已然想到對策。

「喂，和尚，剛剛你說你不承認我是撒旦，那麼你認為我怎樣才算是夠資格呢？」我沉住怒氣，臉上笑容依舊的朝黑衣和尚問道。

「嘿，連老衲的衣角都碰不到的人，還談甚麼資格？」黑衣和尚冷笑。

我沒有理會他的嘲諷，只笑道：「你說你方才不過動了七成功力，對吧？」

「那又如何？」黑衣和尚不解的看著我。

「嘿，那你就用盡全力去擋下我這一擊吧！」我大喝一聲，身子在原地突然消失。

「哼，無知小兒！」黑衣和尚處變不驚，雙手向前一抖，長棍立時變成一條張牙舞爪的銀龍，企圖阻截我的攻擊。

我怒不可遏，滿腔怒火盡化為力量，霎時間速度比平常提升不少。

黑衣和尚的長鞭攻擊雖令人眼花撩亂，但我依然能從容不迫的避過其鋒，同時以長薄鞭節作踏腳石，節節進擊。

我提昇身法，黑衣和尚縱然把揮舞的速度提升，卻阻擋不了我雷霆之勢。

轉眼間，我跟他只相差一段極短的距離。

終於，我閃到黑衣和尚面前，提起拳頭，便要朝他擊下去。

「畢永諾，別太囂張啊！」黑衣和尚神色鎮靜如常的說道，周身忽然氣勢一張，卻是將兩顆魔瞳喚了出來，想利用瞳術亂我心神。

可是當他抬頭看我時，臉上不禁現出驚訝之色。

「嘿，囂張的是你啊，臭和尚。」我狡笑一下，情緒絲毫沒受影響，拳頭毫不留力的轟在他粗獷的臉上。

黑衣和尚臉上的驚詫，立時被巨力扭曲！

剛才在和尚打開魔瞳的一剎，我已用腳尖將他藏在腰間的墨鏡勾了出來，並使鏡片恰恰擋在我倆目光之間。

由於這墨鏡鏡片構造特殊，能隔開魔瞳眼光，所以我的情緒沒有受到半點影響。

拳頭包住的，只有無比憤怒。

受此重擊，黑衣和尚的頭竟一百八半度的轉了半圈，變成後腦向前，臉孔向後的怪異樣子。

我一擊得手，本擬乘勝追擊，但耳聽得他頸骨在頭顱轉動時沒發出絲毫聲響，心知有異，念頭一轉便即向後急躍。

果不其然，甫躍開，黑衣和尚後腦的兩條血痕猛然睜開，露出兩顆血紅魔瞳，一雙巨手同時朝我原本所在位置一拍，「轟」的一聲，卻只把墨鏡擊得粉碎。

換轉是其他人，脖頸這般扭轉，就算一時不死，也會因為項椎骨毀壞而動不了四肢。

可是黑衣和尚只是冷笑一聲，頸子一扭，頭便慢慢轉回正常的樣子。

「哈哈哈，好小子，果真擊中了老衲。」黑衣和尚的臉上紅了好大的一塊，眼神似欲噴出火來，但他怒極反笑，一時倒沒發作。

看到他怒不可遏的樣子，我心裡大感稱快，笑道：「原來和尚你有狼顧之相？」我拍拍身上灰塵，暗中調整氣息。

「甚麼狼顧不狼顧，老衲天生就不是人類，周身關節當然不能與常人相比。」黑衣和尚揉揉頸子，似乎剛才一擊沒對他造成甚麼傷害。

「和尚，願意收回剛才的說，承認我是撒旦了嗎？」我笑問。

「嘿，不過就是一拳。要改變老衲的想法，哪有這般容易？」黑衣和尚仰天長笑，道：「不過小子的狡計還不錯，『鏡花之瞳』暫時放在你頭上，時候到了老衲才取。」

「嘿，你有這本事才說。」我傲然道，卻感覺到黑衣和尚因這一拳，對我稍稍改觀。

「出家人不打誑語，老衲要取這顆魔瞳，實在易如反掌。」黑衣和尚雙手合十微笑，語氣中卻甚是倨傲，剛才怒火也消失得無影無蹤。

我冷笑一聲，待要出言反駁，忽然，有一道雄亮沉厚的聲音從我背後遠處傳來，道：「義父，有人正要越過樹林，前來這裡。」

聽得背後有人，我猛地回頭，只見教堂頂端的十架上，一條黑影迎風而立，穩如泰山，凝神一看，竟是宮本武藏！

宮本武藏一身黑色武士服，幾和夜幕融為一體。要不是他魔瞳散發出紅光，我也差點兒尋他不著。

只見他臉無表情，透射著妖光的魔瞳一直看著遠方，身體似無大恙，看來今早所受的傷已然痊癒。

方才我分心跟黑衣和尚戰鬥，竟沒發覺宮本武藏的氣息，假若他在我倆對戰時暗施偷襲，我定必躲避不了。

想到此處，我不禁捏一把冷汗，心裡暗暗警剔自己今後，要無時無刻留意周遭環境。

那黑衣和尚似乎就是宮本武藏的義父，他聽罷便即抬頭問道：「有多少人？」

「六十四，似乎，都是撒旦教的人。」宮本武藏的聲音再次傳來。

「撒旦教？」黑衣和尚眼神立時充滿恨意，接著冷笑道：「武藏，殺！」

宮本武藏沒有回應，卻忽地消失在十架上。

半晌，樹林那方傳來一陣叫嚷。數秒過後，又復平靜。

「全都死了。」宮本武藏的身影再現於十架上。

黑衣和尚點點頭，接著閉上眼睛，抬起頭來，鼻頭稍動，似乎正在嗅甚麼。

「這血氣……嗯，只有普通人類的氣味，看來都不是魔鬼。」黑衣和尚閉著雙眼說道。

我微感奇怪，於是也朝天嗅了嗅，卻嗅不出甚麼異樣，空氣中連半點血腥也沒有。

「別傻了，小塞的鼻子比我還要靈敏，你再用力也不會嗅出甚麼來。」拉哈伯嘲笑道。

我白了拉哈伯一眼，心裡卻暗暗佩服這黑衣和尚的實力。現在我們處於上風位置，而孤兒院跟樹林更是至少距離一里，但黑衣和尚仍能嗅出那兒動靜，委實厲害。

「哈哈，老衲也不過是嗅覺比你強一點，其他方面，拉哈伯你還是勝我一籌。」黑衣和尚大笑罷，臉色一轉，認真的道：「我們還是趕快離開這兒。」

「怎麼了？」拉哈伯奇道。

黑衣和尚冷笑道：「這些撒旦教眾雖只是普通人，但為數六十四個，在撒旦教的行動來說，動員人數可不算少。顯然，咱們的行蹤已被發現。」

「那又如何？以你們二人之力，就算是面對數百魔鬼也不足懼吧？」我笑道。

黑衣和尚看著我，笑道：「嘿，小子說得不錯，不過老衲怕引來的不是數百魔鬼，而是比數百、甚至數千頭魔鬼還要厲害的傢伙。」

「誰？撒旦教教主？」我皺眉問道。

「不，」拉哈伯搖晃長尾，淡淡的道，「是薩爾麥。」

薩麥爾。

在意大利相遇時，面對他的攻擊我毫無招架之力，因為我連他的動作也看不清楚。拉哈伯和他拼力一戰，更累自己身受重傷，換來卻只是他白袍上的一點血花。

「薩麥爾，也不過是七君之一，實力有那麼厲害嗎？」我喃喃說道。

「嘿，他那不叫厲害，」黑衣和尚笑了笑，道：「而是恐怖。」

「難道你倆聯手，也沒有勝算？」我大惑不解。

「當然有，」拉哈伯淡然笑道：「全力以赴，我們也有五成把握能擊敗他，但現在還不是時候。」

「為甚麼不是時候？」我連忙追問下去。

此時，黑衣和尚揮揮手，打斷我們的說話，道：「先離開這兒再說吧，現在將他引來，只會打亂我們的計劃。」說罷，黑衣和尚抬頭朝宮本武藏說道：「武藏，我們先回寺去，你去搜查一下那些撒旦教眾身上，有沒有任何特別之處。」

「嗯，隨後便來。」遠處的宮本武藏說罷，身形一晃，便即消失無蹤。

宮本武藏離開後，我忽然想起煙兒安危，連忙跟黑衣和尚問道：「和尚，那個跟我一起來的小女孩呢？你把她藏在哪裡？」

黑衣和尚沒有回答，卻咧嘴一笑，道：「嘿嘿，小心！」

說罷，只見他右手朝我一揮，銀棍立時暴長，朝我射來！

「幹甚麼？」我大喝一聲，急忙彎腰向旁閃過長鞭。

正當我奇怪黑衣和尚為何無故發難時，卻發覺他的攻擊目標不是我，而是我身後不遠處的一座小房子。

只聽得「碰」的一聲，銀亮長鞭毫不費力地在房子的牆壁上打破一個大洞。

「接好了！」黑衣和尚笑罷，右手往後一拉，長鞭立時被他抽回來。但見打進屋內的鞭頭，這時卻捲著兩人，一男一女，正是子誠和煙兒。

當兩人來到我頭頂時，黑衣和尚便將銀鞭一鬆，使他們直墜下來，好讓我接住二人。

我將他們放在地上，伸手探氣，發現二人呼吸如常，此時卻都昏了過去。

「放心吧，他倆並無大礙。男的方才魔氣耗盡，一時還沒轉醒；女的被武藏點了穴道，待會回到落腳處，老衲才替她解開吧。」黑衣和尚邊說邊穿回上衣。

接著，他撮起嘴唇，似乎想作哨，但過了片刻，卻始終沒發出半點聲響。

「小塞這哨音的波頻極高，莫說是你，連我這般耳力也聽不到。」拉哈伯看出我的疑惑。

我點頭示意明白，道：「那和尚他是在召喚部下吧？」

拉哈伯抬頭看著頭頂黑天，竊笑道：「部下？嘿，他在找親兒子呢！」

「親兒子？」我雖不明拉哈伯所指，但還是順著他的目光望向天空。

這時，天上的雲層赫然被一陣怪異旋風，撕開一個大洞。

接著，一團黑黝黝的龐然巨物，竟從雲層之上，以極高速度，筆直的墜下來！

碰！

巨物不偏不移的降落在我們面前空地，揚起數米高的塵土。

我心怕有異，連忙打開「鏡花之瞳」並後躍到一顆高樹上，暗自留神。

本來被雲層遮掩的月亮，這時藉由剛才強風衝破的洞孔，悄悄探頭。

在破碎的月光照射下，卻見空地上那頭黑色巨物，竟是楊戩的獨眼座騎，嘯天犬！

嘯天犬混身長毛隨風起伏，巨形魔瞳所視之處皆被照成一片鮮紅，加上那龐大之極的身軀，模樣實在教人驚懼。

可是嘯天犬卻對黑衣和尚極為有善，只見牠用鼻子碰了碰和尚的身體後，竟伸出數米長的巨舌作勢要舐。

「嘯兒，別鬧！」黑衣和尚罵著躲開，我卻聽得出他的語氣蘊含些微暖意。但見他身影一閃，已然坐在嘯天犬的頸上。

看著眼前情景，我腦海忽然靈光一閃。

「和尚，我已經猜到你的真正身分了。」我站在樹頂笑道。

「呃？說來聽聽。」黑衣和尚饒有趣味的問道。

我看住黑衣和尚，自信滿滿的笑道：「和尚，你的名號是塞伯拉斯！」

黑衣和尚聞言微一錯愕，旋即豪爽大笑道：「不錯，老衲正是地獄三頭犬！」

其實，當初我見到和尚有六隻魔瞳，又聽得他自稱是殲魔協會會長，想及楊戩是其中一員，我曾以為他是傳說中有三頭六臂的哪吒。

但當我發覺他的脖子能像狼般後顧無憂，拉哈伯又喚他作小塞，更說嘯天犬是他親生兒子，我便即醒悟，他就是希臘神話中的三頭犬，塞伯拉斯。

塞伯拉斯在神話中負責守護地獄，乃是冥王哈迪斯的部下，想來那是古代資訊不發達，以訛傳訛之誤，哈迪斯和地獄，理應是指撒旦跟「鏡花之瞳」。

只見塞伯拉斯坐在嘯天犬的頸上，朝我們招手道：「時候不早，先上來吧！」

我把煙兒和子誠抱在腰間後，提氣一蹤，看準位置，輕飄飄地落在嘯天犬的背上。

「嘯兒，帶我們回到寺院那兒。」塞伯拉斯伸手拍拍嘯天犬，只聽得牠低沉的叫了一聲，似是回應。

嘯天犬身上長毛忽然活了似的，一下子在我、煙兒和子誠的腰間繞了一圈，牢牢束緊。

正當我大惑不解時，拉哈伯從我的肩上跳下來，道：「唉，我最討厭這玩兒。」說罷，他便即捲起身子，閉目休息，而嘯天犬的毛髮竟結成一小帳蓬，把拉哈伯包在其內。

「這是甚麼一回事？」我驚詫的問道。

塞伯拉斯沒有回答，只側著頭狡笑道：「坐穩啊。」

我還要追問時，只覺周遭忽然壓力大增，突如其來的狂風直壓得我不能說話，同時眼前一花。

視力再次回復時，竟發覺四周空無一物，卻隱隱反射著銀藍光彩。

仰首觀天，發覺月兒似乎比平常大了點，烏雲也忽然不見；再低頭一看，赫然發現嘯天犬底下卻是似有還無的雲層。

原來只一瞬間，嘯天犬已載住我們，穿越雲層，躍到高空之中！

「和尚，你兒子的彈跳力可真驚人呢！」我詫異的對塞伯拉斯說道。

塞伯拉斯哈哈一笑，道：「小子，嚇倒了吧？」

我冷笑道：「嘿，這點高度怎會使我害怕，我不過是奇怪嘯天的腳力為甚麼能有這般厲害而已。」

「嘯天擁有『如意之瞳』，這魔瞳能讓牠隨意操縱自身的體型大小。」正在長毛帳蓬內休息的拉哈伯回道：「方才在地面時，嘯天先將體積變大，接著在起跳後的一瞬間，利用『如意之瞳』縮小身體。那股躍升力量相對來說便變得巨大之極，所以能將我們送上數千呎的高空中。」

我恍然大悟的道：「原來如此。」再看嘯天犬，這才發覺牠的體型果真比剛才縮小不少。

嘯天犬在明亮的月光下騰空了好一會兒後，忽然低吼一聲，魔氣一振，身體倏地變大，接著筆直墜下。

嘯天犬著陸時，又是引起一聲巨響，我們坐在牠背上，自然承受一陣激烈的搖晃。

好不容易待牠安定下來，我才能看清四周環境。

只見我們所在之處，乃是一座建於小山頂上的日本寺廟。

風格傳統的寺廟面積不大，四周被茂密的竹林所抱，微風一吹，便傳來輕快的沙沙聲，使氣氛添上數分涼爽。

寺廟遠離人煙，只有大門前的一條小石階通往山下，看來平常香火不怎鼎盛。

我們才剛回到地上，一名眉清目秀的中年僧人便從寺廟的主殿中走出來。

「會長，您終於回來了！」僧人一臉喜色的說道，看樣子似乎是殲魔協會的人。

塞伯拉斯「嗯」了一下，問道：「三目將還好吧？」

「三目將他仍在殿中用功，似乎還未找到敵人的下落。」中年僧人臉色微現憂慮。

塞伯拉斯點點頭，指住煙兒跟子誠道：「先安頓他們，然後替我們準備點飯菜。」

「是！」僧人雙手合十，恭敬的回應後，便從我手上接過子誠和煙兒。

待僧人離開後，塞伯拉斯便即推開大殿大門，想要入內。

大門才開了一條小縫，一股濃厚的魔氣便從大門空隙處洶湧四散。

「這廟宇竟是用阻隔魔氣的物質所造。」我心中暗暗詫異，卻見大門打開後，大殿中央有一人盤膝而坐，而適才感受到的魔氣，便是由此以來。

此人，正是二郎神楊戩！

在微弱的油燈照耀下，只見楊戩雙目緊閉，唯獨額上魔瞳不停的東張西望。魔瞳的眼神雖然靈活，但楊戩卻是滿頭大汗，眉頭微皺，狀甚痛苦。

「戩兒！」塞伯拉斯反手關上門後，便走到楊戩的身旁，輕聲喊道。

楊戩聽到塞伯拉斯的叫喚後，忽然渾身一震，道：「義父，是你嗎？」

「嗯，是我。」塞伯拉斯溫言問道：「戩兒，你還可以嗎？」

「放心，我沒問題！」楊戩笑著點了點頭，可是雙目依舊緊閉。

「對了，拉哈伯和畢永諾也在，我們在旁聊一聊，你專心找就是了，不必理會我們。」塞伯拉斯微笑道。

「畢永諾那小子也在嗎？」楊戩笑道。看來他在運用魔瞳其間，平常那雙眼便會暫時不能視物。

「嘿，我在這兒。」我微笑道。

楊戩聽到我的聲音，便轉過頭朝我笑道：「今早那道傷口已回復了嗎？」語氣中隱有嘲笑之意。

「對啊，早好了，但現在想起，胸口還隱隱作痛。」我慢慢走近楊戩，故作驚訝的問道：「咦？

楊兄，你的眼睛是不是看不見東西？」

「看不到又怎樣？」楊戩皺起眉頭。

「嘿嘿，我不過看到你現在樣子，想乘人之危，在你胸口劃一下，報那一刀之仇。」我蹲下來，對著他邪笑道。

「你盡管試試看！」楊戩雖知塞伯拉斯在旁，我無論如是何是動不了手，但語氣依然憤怒。

我看到他氣憤難平的樣子，心中大快，今早所受的氣也消去不少，便笑道：「哈哈，我不過是開玩笑，楊兄勿怒。」

「哼！」楊戩沒再說話，周身魔氣忽漲，似乎示意正專心運功。已變回獅子般大小的嘯天犬瞪了我一眼後，則安靜地伏在他旁邊，閉目養神。

「小諾，別鬧了，過來坐下。」拉哈伯在我背後說道。

我回過頭來，卻見拉哈伯和塞伯拉斯已圍住一小茶几而坐。

「和尚，究竟你的三眼義子在幹甚麼？」我坐在拉哈伯旁邊的坐墊上，跟塞伯拉斯相顧而視。

塞伯拉斯笑道：「戩兒他正在找尋撒旦教的日本基地。」

「日本基地……難道他的魔瞳就是傳說中的千里眼？」我奇道。

「不錯，戩兒的魔瞳正是『千里之瞳』。不過，跟傳說有點不同，」塞伯拉斯解釋道：「『千里之瞳』雖說能目及千里，但卻又有所限制。它的真正功能，其實是觀看方圓千里內，任何生物所看到的事物。」

我思索了一會兒，才方明白塞伯拉斯的意思。

如果鐵面人在日本的話，想必正藏在這個日本基地，而妲己和李鴻威說不定也在其中。

「那麼他每次能看到多少生物觀點？」我問道。

「戩兒每次能觀看直徑十米範圍內，任何生物所看到的東西。」塞伯拉斯淡然說道。

我點點頭，示意了解。

十米範圍，說小不小。而且除了人類，生物還包括其他昆蟲動物。

如果楊戩他每次運用「千里之瞳」都要看到這圓形內所有生物的觀點，想必會大耗精神腦力，也難怪他現在樣子那般痛苦。

「對了，」我忽然醒起來，皺眉問道：「今早我們在火車上，你們忽然突襲，也是因為楊戩的『千里之瞳』，看到我們在那列火車上吧？」

誰知塞伯拉斯卻搖頭笑道：「這倒也不是。」我不甚明白的看著塞伯拉斯。

「嘯兒能感應到方圓十里以內的魔氣狀況。今早他們三人外出尋人時，你在火車上使用了魔瞳，碰巧又在嘯兒感應範圍內，而你釋放的魔氣又不少，他們誤以為是撒旦教的人，所以這才突襲火車。」塞伯拉斯說道：「武藏逢魔必殺，所以這才和你幹上。至於戩兒其實早已認出拉哈伯，但二千年未見，一時不知如何處置，便捉了他回來，卻想不到拉哈伯是故意被擒。」

「和尚，其實我早就想問，」我看著塞伯拉斯問道：「你身為魔界七君之一，為甚麼會當甚麼殲魔協會會長，去追殺其他魔鬼呢？」

塞伯拉斯沒有立時回答，看著我的眼神，卻變得有點模糊失焦。

「拉哈伯，你有跟他提及過二千年前的事情嗎？」塞伯拉斯忽然閉上眼睛，緩緩說道。

「略說一二吧。」拉哈伯坐直身子，搖晃著長長的尾巴。

塞伯拉斯聞言只「嗯」了一聲，便陷入沉思之中，片刻過後，才淡淡的向我問道：「小子，你知道當年薩麥爾殺了撒旦後，假冒他的名義創立了撒旦教吧？」

「我知道。」

「撒旦被殺顯然是早有預謀。在二次天戰期間，偶有天使偽裝成人類，進行刺殺的事情。由於老衲的嗅覺能分辨出天使的氣息，為防敵軍行刺，老衲向來是片刻不離撒旦，」塞伯拉斯雙目依然緊閉，聲音卻忽然散發出陣陣恨意，「可是孔明那傢伙，說甚麼預測到老衲如果再待在耶路撒冷，會招致殺身之禍。那時，老衲和他情同手足，而撒旦也對他言聽計從，不疑有詐。老衲將撒旦的安全交託給其他七君後，便獨身離開那兒，稍避風頭。」

「怎料那忘恩負義的傢伙，竟然聯同薩麥爾，設計殺死撒旦。當老衲回到耶路撒冷時，一切已成定局！老衲心中後悔萬分，後來聽說薩麥爾成立了撒旦教，更吸納不少魔鬼，想找孔明和拉哈伯來質問，怎料二人卻雙雙失蹤。其時天使大軍因耶穌之死撤離人間，大地回復平靜，老衲便嘗試召集一些非撒旦教的魔鬼，告訴他們薩麥爾的惡行，好讓他們隨老夫一起替撒旦報仇。」

說到這時，四周數十台油燈突然同時熄滅，卻是塞伯拉斯的怒氣猛然暴漲所致。

大殿忽地變得幽黑一片，我面前卻有一雙碧油油，充滿恨意的眼睛。

「誰知道……誰知那些魔鬼！在人間活了數千年，竟全都變得膽小怕事，說甚麼：『撒旦已死，無謂再添風波。』、『我們再厲害，也不可能勝過三名七君聯手吧？』等藉口！千辛萬苦，老衲才找到數位魔鬼加入我方，可是老衲知道，單以我們數人之力，絕難剷除日益壯大的撒旦教。老衲一怒之下，便創立了殲魔協會，除了少數重要職位由魔鬼擔當外，協會上下，一律都是人類。」

「由於撒旦已死，七君又各散東西，魔界再次陷入一遍混亂。不少魔鬼忘了當初撒旦的教訓，肆無忌憚的吸食人類慾望，致使人類受害的事件越來越多。所以殲魔協會一成立，不少人類聞風而至；加上我們吸納各種宗教，以不同神明為號，使各地教徒紛紛投靠。老衲將魔鬼的弱點都告訴他們，又親自訓練指點，使他們的體格武技比一般人類優秀，就算單對單面對魔鬼，也有數分勝算。如此一來，老衲便有了和撒旦教對抗的籌碼。」

「這二千年間，兩派之間發生了無數大大小小的戰爭。雖有不少魔鬼投靠了撒旦教，但更多魔鬼卻是抱持隔岸觀虎鬥的態度，袖手旁觀，兩不相幫。至於殲魔協會召集到的人類數目遠多於撒旦教，雖每次交戰我方死傷的人數較多，但人類有的是繁衍能力，魔鬼卻不能藉由交配生產魔鬼。所以千年來的交戰下，結果就是誰也滅不了誰。」說著說著，塞伯拉斯的怒氣已漸漸平伏下來。

「那沒有黨派的魔鬼，你們……」我皺眉問道。

「殺、無、赦。」塞伯拉斯淡淡的道：「因為，他們背棄了撒旦。」

我思索了一會後，朝他笑問：「和尚，如果我最終成不了撒旦，你也會殺了我吧？」

「嘿嘿，不錯，老衲會親手摘下你的人頭！」塞伯拉斯微笑道，眼神卻沒一絲戲謔。

我看著他微笑不語。

直到此時，我才明白到撒旦教和殲魔協會間的恩仇。

雖然我不大了解塞伯拉斯的心情，但撒旦被殺，自己偏偏又不在他身旁，使薩麥爾等人有機可乘；說要報仇，其他魔鬼又迴避退縮，那種既悔且恨的痛苦，想必已侵蝕了他的思緒整整二千年，也因此使他產生了這種偏激思想。

對於我這撒旦轉生，他想必又喜又恨。

「對了，和尚，你說你的義子們今天早上正在尋人，是在找撒旦教的人嗎？」我忽想起塞伯拉斯剛才的話。

「不，我們是在找殲魔協會的人。」塞伯拉斯說罷，突然朝我問道：「小子，你知道，這幾年間，撒旦教用盡各種手段，威逼利誘各地魔鬼加入他們嗎？」

「自然知道。」我點頭說道：「非撒旦教的魔鬼，想來現在也不多於百人。」

「嗯。除此之外，一向目中無人的薩麥爾，竟自願將撒旦教教主之位，讓給一個神秘人。強召群魔，教主易位，撒旦教明顯正在進行某些計劃。」塞伯拉斯皺起眉頭，道：「而且在數月前，我們殲魔協會有一件放在耶路撒冷的聖物，不知被撒旦教用何種方法偷走了。所以我們派了一名魔鬼混入撒旦教，想藉此打探撒旦教的用意和聖物的下落，怎料臥底潛伏了數個月後，來到日本時突然與我們失去聯絡。」

塞伯拉斯說到這兒，忽看著我，道：「其實，那件聖物，跟你也可說是大有關係。」

我大感奇怪，問道：「那聖物是甚麼來的？」

「那聖物，就是傳說中的『約櫃』。『約櫃』一直安放在撒旦生前的耶路撒冷故居中，」本在一旁默不作聲的拉哈伯忽地插話，道：「自撒旦死後，世上再沒人能搬得動它，可是現在那撒旦教主卻不知用甚麼方法取走了。」

「臭貓，你又在懷疑我的身分了。」我瞪住拉哈伯的貓眼冷笑道。

拉哈伯沒有作聲，看著我的碧綠眼神，卻藏不住他的心思。

待續

後記

這後記不容易寫，畢竟這兩書收錄的章節，皆寫在十年以前。

寫這故事時，我才十六歲，所以主角畢永諾的年紀，也設定為十六歲，只是寫到現在，我的年紀已開始拋離小諾。多年過去，心態多少有變，唯一不變的就是我和這故事的羈絆。

若果《魔瞳》是一個人，今年他已經有十三歲了。我創造了他，他也給了我許多東西。透過文字，我有機會表達一些在現實世界，不易說出口的想法。當中我最喜歡的一點，就是我能夠創造一個——正邪模糊的世界。

畢竟，不論是哪方陣營，說到底也只是為了自己的目標而戰。

寫了十三年，他終於能以實體呈現，與諸位接觸，實有賴釀字工房的賞識和冒險。若得到大家認同，《魔瞳》還會繼續跟大家見面，所以還望各位多多支持。

本來，我是打算寫一兩篇外傳，收錄在新書，不過《魔瞳》的基本結構在故事首三十章仍在發展當中，若加插外傳，便會破壞觀賞性。所以，希望《魔瞳》能繼續出版下去，那我便可以有機會說一些這數千年間的故事，讓大家一窺《魔瞳》世界裡的一些小插曲。

連續創作同一故事十三年並不容易，支持一個寫了十三年還未完結的故事亦不簡單。

所以，我得再次感謝各位新舊追文者。

希望，《魔瞳》卷三會在不久面世。

邦拿

二零一八年六月

Fiat justitia ruat caelum
Fiat justitia ruat caelum

經已出版

各大書局均有代售

魔瞳 The Devil's Eye 2

作者——邦拿
編輯——鄧賜民
設計——ashitanojoe
出版——釀字工房 Ideate Trails
香港九龍旺角亞皆老街八號朗豪坊辦公大樓二十五樓二五一二室
電郵 info@ideate.hk
Instagram Ideate.Trails
Facebook Ideate.Trails
發行——春華發行代理有限公司
香港九龍觀塘海濱道一七一號申新證券大廈八樓
電話 2775 0388
傳真 2690 3898
電郵 admin@springsino.com.hk
台灣發行——永盈出版行銷有限公司
台灣新北市新店區中五路四九九號四樓
電話 886-2-2218-0701
傳真 886-2-2218-0704
電郵 rphsale@gmail.com
承印——美雅印刷製本有限公司
版次——香港初版一刷 二〇一八年七月

ISBN 978-988-78834-2-5
定價 HK$88 / TW$390

Printed in Hong Kong

釀字工房

IDEATE TRAILS